Erlebte Hitler-Ära

Der Autor Hugo Fett wurde 1920 geboren und wohnt in Merchweiler im Saarland. Auf seine Soldatenzeit in Russland, Bosnien und in der Heimat folgte Kriegsgefangenschaft bis 1947. Er studierte Maschinenbau und war bei der Deutschen Bundesbahn im gehobenen und dann im höheren Dienst in Saarbrücken und in Frankfurt (M) tätig. Veröffentlichungen: *Sonderbares rund um den Erdball* (3 Bände), *Bau der Fischbachbahn und Einsatz als Lokführer, Geschichte des Christentums in unserer Heimat.*

Hugo Fett

Erlebte Hitler-Ära

Hoffnung, Enttäuschung, Terror

Bibliografische Information der Deutschen Nationalbibliothek:
Die Deutsche Nationalbibliothek verzeichnet diese Publikation
in der Deutschen Nationalbibliografie;
detaillierte bibliografische Daten sind im Internet über
http://dnb.d-nb.de abrufbar.

© 2010 Hugo Fett
Satz, Umschlaggestaltung, Herstellung und Verlag:
Books on Demand GmbH, Norderstedt
ISBN: 978-3-8391-5712-1

Inhalt

5

Vorwort

In der Literatur über das »Dritte Reich« vermisst man Beiträge über den örtlichen Alltag, der Zug um Zug stärker in das nationalsozialistische Fahrwasser abglitt. Ich schildere mit spannungsvollen und wenig bekannten Hintergrundinformationen mein Erleben in der Heimat und als Soldat an der Front und in Gefangenschaft, beginnend mit der sehnsüchtigen Rückkehr des vom Völkerbund verwalteten Saarlandes in das Deutsche Reich unter Adolf Hitler und endend mit der Rückkehr als Kriegsgefangener in ein wiederum von Deutschland abgetrenntes Saarland.

Der Text kann auch in weitem Umfang als millionenfaches Spiegelbild des Alltags von Menschen während der nationalsozialistischen Epoche angesehen werden. Wie ein roter Faden zogen sich beim ganzen Volk das Streben nach besserem Leben und die Hoffnung auf eine glückliche baldige Heimkehr der Soldaten. Parallel zum willkommenen wirtschaftlichen Aufstieg ab 1933 entfaltete sich alsbald eine gefährliche politische Entwicklung, die von den meisten Menschen nicht erkannt und nicht publiziert wurde, u. a. eine Entdemokratisierung, die Ächtung politischer Gegner, die Entrechtung der Juden sowie eine überaus gewagte Expansionspolitik. Mögen meine Ausführungen aus der Sicht eines jungen Mannes und einfachen Soldaten mit lediglich beschränktem Einblick in einen zensierten Informationsbereich dazu beitragen, die bei vielen Lesern eingeprägte Hingabe der damaligen Generation zum NS-Regime zu überdenken bzw. ins wahre Licht zu rücken!

1 Meine Heimat, das Saarland, bis 1935 vom Deutschen Reich getrennt

1.1 Rückblende von 1920 bis 1932

Das Saarland, meine Heimat, hieß bis 1935 Saargebiet mit anderen Grenzen als heute. Damit die Hingabe der Saarbevölkerung mit über 90 % zu Hitler-Deutschland verständlich wird, erscheint eine Rückblende bis 1920 unumgänglich. Am 20. Juni 1920 wurde das Saargebiet in die Treuhand des Völkerbundes gegeben, jedoch die Verwaltung und Ausbeutung der Gruben Frankreich zugestanden. Frankreich forderte eine Annexion des Landes mit der Behauptung, dass hier 150.000 Saarfranzosen wohnen. Gleichwohl fand diese Behauptung viel Widerhall in der Welt. Als ich 1955 als Vertreter der Saarländischen Eisenbahnen in Utrecht (Niederlande) an einer Konferenz über EUROP-Güterwagen teilnahm, stand mein Stuhl in der Französisch sprechenden Ländergruppe. Mit großem Erstaunen wurden meine Worte vernommen, dass in meiner Heimat nur Deutsch gesprochen wird.

Die durch neugeschaffene Grenzbarrieren zum angestammten Deutschen Reich herbeigeführte Trennung sowie der starke französische Einfluss, insbesondere als neuer Arbeitgeber der über 80.000 Bergarbeiter, wurden als tiefe Schmach empfunden. Die prodeutsche gefühlsbetonte Haltung umfasste alle Gesellschaftsschichten, alle Berufe sowie die kirchlichen und politischen Verbände als eine große Solidargemeinschaft.

Aufgrund der Loslösung vom Deutschen Reich und gleichzeitig zunehmender Einflussnahme Frankreichs ist es wahrlich kein Zufall, dass das allseits bekannte Saarlied »Deutsch ist die Saar« bereits im Jahre 1920 entstand. Das pathetische nationale Treuebekenntnis gipfelt im Text der letzten Strophe:

»Ihr Himmel, hört!
Jung Saarvolk schwört:
Lasst uns in den Himmel schreien!
Wir wollen niemals Knechte sein.«

Der Text spiegelt so überzeugend die dominierende kollektive Gemütslage der Menschen, dass das Lied binnen kurzer Zeit als quasi eigene Nationalhymne der Saarländer überall gesungen wurde. Meine erste bleibende Erinnerung ist die Rheinische Jahrtausendfeier 1925 in meinem Wohnort. Es war ein Ereignis der Superlative, eine Demonstration der gesamten Bevölkerung gegen die französischen Abtrennungsbestrebungen und gegen die Fremdregierung. Im historisch wichtigen Bezugsjahr 925 wurde das Land zwischen Maas und Rhein dem Deutschen Reich angegliedert, und seitdem gehörte die Saarregion fast durchgängig zu Deutschland, kurzzeitig unterbrochen von 1680–1697 und von 1793–1814. Kernstück der Feier war der historische Festzug mit vorwiegend Darstellungen von Deutschlands historischer Größe. Hierdurch sollte bewusst auf die nationale Erniedrigung der Gegenwart aufmerksam gemacht und zugleich Hoffnung auf die Zukunft geweckt werden. Die festlich geschmückten Straßen glichen einem Meer von schwarz-weiß-roten Fahnen, den alten Reichsfarben.

Im Alter von acht bzw. neun Jahren durfte ich mit meinen Eltern die beiden patriotischen Theaterstücke »Andreas Hofer« und »Wilhelm Tell« anschauen. Die beiden Stücke hinterließen bei mir mit dem damals sensiblen kindlichen Gespür einen nachhaltigen Eindruck. Die Geschehnisse gingen mir überaus zu Herzen, zumal es sich bei Andreas Hofer und Wilhelm Tell um Freiheitskämpfer handelte, die der Fremdherrschaft trotzten. Während der Völkerbundzeit wurden die beiden Theaterstücke überall und weit häufiger gespielt als jedes andere. Die Wirkung auf die Zuschauer zeigte sich deutlich bei der Festvorstellung von Schillers »Wilhelm Tell« im Stadttheater Saarbrücken. Beim Rütli-Schwur erhob sich

das ganze Publikum von den Stühlen und schwor demonstrativ
mit den Schauspielern:

»Wir wollen sein ein einzig Volk von Brüdern,
In keiner Not uns trennen und Gefahr.
Wir wollen frei sein, wie die Väter waren,
Eher den Tod, als in der Knechtschaft leben.«

Der aufgeheizte Patriotismus und der Machthunger führten in
den vergangenen Jahrhunderten zu leidvollen Kriegen, die uns
Grenzbewohner besonders hart trafen. Die heutige Generation
kann unbeschreiblich glücklich sein, dass zwischen Deutschland
und Frankreich anstelle einer grimmigen Konfrontation ein versöhnliches, vertrauensvolles Miteinander geschaffen wurde und
Zollschranken der Vergangenheit angehören.

Die im Jahre 1929 in den USA ausgelöste Weltwirtschaftskrise
bekam auch das Saargebiet in den folgenden Jahren in aller Härte
zu spüren. Die unzulängliche Entlohnung, vor allem der Bergleute, reichte bis dahin schon kaum aus, das Allernotwendigste zu
beschaffen, und so nahm nunmehr die Verarmung noch weiter
zu. Das Bettel- und Borgwesen nahm einen erschreckenden Umfang an. Zusätzliche Feierschichten auf den Gruben, Kürzung der
Löhne, Gehälter und Renten sowie Entlassungen trübten stetig
den Alltag. Ende 1932 waren im Saargebiet über 30 % der Er-
werbstätigen ohne Arbeit. In der Familie war damals durchweg der
Vater Alleinverdiener. Mehrmals war ich Zeuge von Gesprächen
meines Vaters – damals Rottenmeister bei der Eisenbahn – und ar-
beitsuchenden Männern oder deren Frauen, die flehentlich baten,
dass mein Vater zur Linderung der großen Notlage die Einstellung
als Rottenarbeiter erwirken solle.

Die kommunistische Partei (KPD) konnte im Jahre 1932 einen
überaus starken Stimmenzuwachs verzeichnen. Dies hatte damals
keinerlei Auswirkungen auf ihr Verhältnis zum angestammten

Deutschen Reich. Alle gewichtigen Parteien wetteiferten vielmehr, deutscher als die anderen zu sein. Die Zunahme der KPD ist jedenfalls so zu verstehen, dass man sie am ehesten für in der Lage hielt, die bittere Armut abzubauen.

In dem vorstehenden Kapitel habe ich zum Ausdruck gebracht, dass die Weichen für den Abstimmungskampf und damit für das Abstimmungsergebnis (Deutschland oder Status quo oder Frankreich) nicht erst in den Jahren 1933 und 1934, sondern schon weit vorher in den 20er Jahren gestellt wurden. Dies schließt nicht aus, dass die Machtergreifung Adolf Hitlers in Deutschland im Januar 1933 und die anschließenden schlimmen Auswüchse in der Beschränkung der Meinungsfreiheit auch auf die Saarregion ausstrahlten, ohne aber die Abstimmung selbst entscheidend zu beeinflussen.

1.2 Hitler-Deutschland infiziert das Saargebiet

In den Jahren 1933/1934, also im Alter von 13/14 Jahren, begann ich im Rahmen meines begrenzten Sachverstandes politische Ereignisse kritisch abzuwägen. Als zusätzliche wertvolle Informationsquelle besaßen wir nunmehr zu Hause ein Radio und vernahmen gespannt die politischen Turbulenzen in Deutschland. Zunächst verfolgten wir echt verunsichert, wie die Reichsregierung unter Franz von Papen – einem Saarländer – Mitte November 1932 und anschließend jene unter General Schleicher Ende Januar 1933 zurücktraten, beide angetreten in der trügerischen Hoffnung, die sich wie eine Flut ausbreitenden Nationalsozialisten in den Griff zu bekommen und einzudämmen. Als dann am 30. Januar 1933 Adolf Hitler Reichskanzler wurde und uns am gleichen Abend die Rundfunkreporter die alles übertreffenden Siegesfeiern in Berlin und den endlosen Fackelzug ganz überschwenglich schilderten, war ein jeder mitgerissen von den grandiosen Geschehnissen.

Eine weite Mehrheit des deutschen Volkes sah in Adolf Hitler den großen Hoffnungsträger. Auch der Reichstag hatte ihm mit großer Mehrheit weittragende Ermächtigungen zugestanden, darunter Politiker, die am Aufbau der Bundesrepublik maßgeblich mitwirkten, allen voran unser erster Bundespräsident Theodor Heuss. Ergänzend sei bemerkt, dass in der damaligen Reichsregierung unter Adolf Hitler die Nationalsozialisten nur zwei Minister stellten und dass ihr durchgängig bis 1945 zwei Minister (Dorpmüller und Schwerin von Krosigk) angehörten, die nicht Mitglied der NSDAP waren.

Die Machtergreifung Adolf Hitlers hatte selbstverständlich auch auf unser Saargebiet durchgeschlagen. Die vorher im ganzen Saargebiet wenig in Erscheinung getretene NSDAP hatte bereits im 1. Vierteljahr 1933 enorme Zugänge. Auch wenn der eine oder andere sich durch die Mitgliedschaft bessere berufliche Chancen versprach, so dokumentiert doch die rasche Ausbreitung des nationalsozialistischen Gedankenguts auch im Saargebiet einen politischen Erdrutsch.

Adolf Hitler verstand es vortrefflich, mit seiner Rhetorik und seiner Massensuggestion im Jahr 1933, dem Jahr der größten Arbeitslosigkeit und Bitternis, alle Bevölkerungsschichten für sein Programm zur Beseitigung des Massenelends in einem freiheitlichen Staat zu begeistern. Wer ahnte damals schon, wo Adolf Hitlers weiterer Weg, der in seinem Buch »Mein Kampf« eindeutig vorgegeben ist, hinführen würde, denn kaum jemand hatte dieses Buch gelesen und vereinzelte warnende Stimmen in Deutschland wurden unbemerkt mundtot gemacht oder suchten Zuflucht hier im Saargebiet.

Im Juli 1933 schlossen sich im Saargebiet die bürgerlich-konservativen und rechtsgerichteten Parteien zu einer nationalen Massenbewegung, der »Deutschen Front« (DF), zusammen; im Oktober 1933 ist nach langem Zögern auch das Zentrum der DF beigetreten. Die Fäden der Abstimmungspropaganda lagen außerhalb und zwar in den Händen des pfälzischen Gauleiters der NSDAP, Josef Bürckel, und bei Heinrich Schneider, dem Saarreferenten bei der NSDAP-Reichsleitung. In zwei großen Saarkundgebungen im August 1933 mit 80.000 Teilnehmern am Niederwalddenkmal und im August 1934 mit 150.000 Teilnehmern am Ehrenbreitstein bei Koblenz appellierte Adolf Hitler leidenschaftlich an das Gewissen zur Rückkehr in das angestammte deutsche Vaterland und verwies wiederholt auf die im Versailler Vertrag auferlegte Schmach.

Erst 1934 bildeten die Nazi-Gegner des Saargebiets eine antifaschistische Einheitsfront. Ihre Wahlparole zur Saar-Abstimmung am 13. Januar 1935 lautete: »Für Deutschland, gegen Hitler, wählt Status quo!«. Sie verfügte über ein starkes Wählerpotential. Dies bezeugte die Großkundgebung in Sulzbach im Juni 1934 mit 60.000 Teilnehmern. Die markanteste Persönlichkeit war Johannes Hoffmann, der sich auch 1955 bei der Abstimmung über das Saar-Statut für ein unabhängiges Saarland einsetzte. Der Führer der Saar-Kommunisten, Pfordt, erhielt seine wahltaktischen Instruktionen von Wehner, dem späteren langjährigen Vorsitzenden der SPD-Bundestagsfraktion.

Anfang Juli 1934, mitten in der »Heim-ins-Reich«-Euphorie, erschütterte mich eine von Hitler angeordnete grauenvolle Mordaktion an Röhm, dem Stabschef der SA, und seinen engsten Gefährten. Sie wurde in der Presse als rechtens dargestellt zum Schutz von Partei und Staat und aufgrund der angeblich unmoralischen Lebensführung Röhms. Die amtliche Zahl von 77 Toten wurde gemäß späteren Erhebungen um das Mehrfache überschritten. Die Freude an der sich anbahnenden Heimkehr nach Hitler-Deutschland bekam durch die Heimtücke und arg zensierte Darstellung des Geschehens einen vorübergehenden Dämpfer. Zu Hause hörten wir im Radio nur Nachrichten von deutschen Sendern, die allenthalben bestrebt waren, die angelaufene Epoche des sogenannten »Dritten Reiches« zu glorifizieren. Auch die Saarbrücker Zeitung und die Saarländische Landeszeitung verschwiegen manches nicht in den Zeitgeist Passende. So wurden viele Saarländer öfter irritiert und suchten einen Konsens zwischen Vaterlandstreue und den über Umwege zugetragenen Auswüchsen in Hitler-Deutschland. Mitgerissen vom Strudel der Deutschtümelei und dem scheinbar anbrechenden goldenen Zeitalter im Deutschen Reich, wurde ich mit meinem Bruder Karl im September 1933 Mitglied der Hitler-Jugend des Saargebiets. Die Propagandamaschinerie verstand es vortrefflich, meine Bedenken über Auswüchse von Freiheitsbeschränkungen in Hitlerdeutschland zu entkräften, herunterzuspielen oder zu zerstreuen. Wir erörterten zunächst aktuelle Heimkehrprobleme mit dem Blick auf die Abstimmung im Januar 1935, um nach und nach in das politische Geschehen eingebunden zu werden. Auch der Gesang kam nicht zu kurz; lautstark machten wir durch alte Landsknecht- und Soldatenlieder auf uns aufmerksam. Da das Tragen nationalsozialistischer Embleme und brauner Uniformen verboten war, trug die saarländische Hitlerjugend schwarze Hose, weißes Hemd und schwarzes Halstuch mit Lederknoten.

Hitlerjugend (Jugend der Deutschen Front) marschiert durch meinen Wohnort

15

Der Abstimmungsrummel im ganzen Saargebiet um die Gunst der Bevölkerung und hierbei insbesondere die der Arbeiterschaft steigerte sich 1934 weiterhin zusehends. Die gegenseitigen provokatorischen Anschuldigungen gipfelten in Verleumdungen, Unterstellungen, Übertreibungen und Lügen, sodass es schwierig war zu erkennen, was Dichtung und Wahrheit ist. So ist es nicht verwunderlich, dass es gerade in meinem Wohnort, wo der Status Quo, auch Einheitsfront genannt, eine überaus starke Position des Antifaschismus innehatte, wiederholt zu gewalttätigen Auseinandersetzungen kam und die Landjäger (Polizisten) alle Hände voll zu tun hatten, um Ruhe und Ordnung sicherzustellen.

Natürlich waren wir Jungens leicht verängstigt und daher eisern bestrebt, jeglichen Kontakt mit der »gefährlichen« antifaschistischen Jugend zu vermeiden. Ich erinnere mich an ein Treffen mit der Hitler-Jugend der umliegenden Orte auf einem Wiesenhang. Auf der nahen Straße näherte sich eine längere Kolonne der uns bislang unbekannten politischen Gegenspieler, angeführt von einer Schalmeienkapelle. Wir ließen uns nichts anmerken und übten fleißig weiter in Geländekunde; ebenso setzte die Kolonne ohne irgendeine provozierende Äußerung den eingeschlagenen Weg fort. Ich war von Herzen froh über den friedlichen Ablauf dieser ersten Begegnung, bedauerte aber zugleich, dass diese jungen Leute den Zeitgeist nicht erkannt hatten. Vielleicht dachten diese Leute das Gleiche über uns. Wer weiß?

Nachdem die Hitlerjugend bislang nach außen hin eher zurückhaltend agiert hatte, trat im Abstimmungskampf ihr Erscheinungsbild nunmehr stärker ins Blickfeld, aber stets handelnd als Jugendorganisation der Deutschen Front. Als disziplinierte stolze schwarz-weiße Formation beteiligten wir uns an Aufmärschen. Außerdem wurde von uns die feierliche Atmosphäre von Veranstaltungen, einschließlich der Sonnenwend- und Erntedankfeier, durch emotionsgeladene Lieder und Sprechchöre bereichert. Auch machten wir uns nützlich durch Mithilfe bei der Verteilung von

Flugblättern und das Anbringen von Plakaten für das Wählervotum »Heim ins Reich«.

Aufgrund der völligen Umgestaltung der innenpolitischen Verhältnisse im »Dritten Reich« entbrannte der Widerstreit der Meinungen zwischen den Abstimmungsfronten in voller Stärke und erlangte im Herbst 1934 ein bedrohliches Ausmaß. Zur reibungslosen Durchführung der Abstimmung wurden daher 3.400 Mann starke neutrale Truppenkontingente ins Saargebiet beordert. In Wort und Schrift wurde der Streit leidenschaftlich ausgefochten bis hin zu unflätigen persönlichen Verleumdungen.

Nachstehend der Text eines Flugblattes der Deutschen Front »Zum Gedenken an Matz Braun«, einen Hauptakteur der Antifaschisten, sowie ein Flugblatt der Einheitsfront; über den Inhalt mag jeder selbst befinden.

Zum Andenken an Matz Braun

In der großen Stadt Saarbrücken
lebt zur Zeit ein böser Mann
vor dem wirklich der Chronist
garnichts gutes sagen kann.
Traurig berg ich in den Falten
Meiner Toga das Gesicht,
wehe! wehe Sündenmatze
wie abrupt ist dein Geschick,
wie willst du auf Rettung hoffen
wo dein Tun zum Himmel stinkt,
da dir schaurig in der Ferne
drohend Tod und Galgen winkt.
Acht mal hunderttausend Deutsche
hast du schädlich über Nacht
ohne dass sie etwas wussten
zu was anderem gemacht,

die als Deutsche schlafen gingen
wurden als Franzosen wach.
Matz du alter Schwindelbruder sag,
wie hast du das gemacht,
weiß wird schwarz und süß wird sauer
grad wird krumm, mich packt der Schauer
und das Unrecht wird zu Recht.
Deutschland sonst ein Hort der Treue
ist ins Gegenteil gekehrt
seit der Matz mit Schwindeleien
andersrum die Welt belehrt.
Wenn mal wo die Welt erzittert,
irgendwo ein Zug entgleist
hat der Matz es längst gewittert,
dass der Sünder Deutschland heisst.
Wenn die Ernte ist missraten
die Kartoffeln gar zu klein,
Matz der weiß es – solcher Taten
kann nur Deutschland fähig sein.
Eins noch Mätzchen tu's noch heute
zeige doch mit List und Witz,
dass du selbst alles andere,
dass du nur kein Deutscher bist,
sag du seist ein Hottentotte,
ein Gorilla, ein Schimpanse,
sag du seist vom Mond gefallen
auf den Kopf zu deinem Glück,
mit der nächsten Raumrakete
flögest du nach dort zurück.
Lüg dass sich die Balken biegen
Dass es stinkt wie fauler Mist,
nur in einem sag die Wahrheit,
sag, dass du kein Deutscher bist.

Heraus mit Ernst Thälmann

und allen eingekerkerten Antifaschisten aus Hitlers Zuchthaus-, Gefängnis- und Konzentrationshöllen

Arbeiter in den Betrieben, Arbeitslose an den Stempelstellen, werktätige Mittelständler, erhebt euch zum Massenprotest gegen das faschistische Blut-, Henker- und Kriegsbrandstiftergesindel, die den viehischen Morden an tausenden proletarischen Freiheitskämpfern, die den Geiselmord an John Schehr, dem Stellvertreter des am 3. März ein Jahr eingekerkerten Führers des deutschen revolutionären Proletariats, unseres Genossen Ernst Thälmann, den Geiselmord an Schönhaar, Steinfurth und Schwarz, die Ermordung Ernst Thälmanns hinzufügen wollen.

Entreißt den proletarischen Freiheitshelden Ernst Thälmann und alle Antifaschisten den Mörderklauen Hitlers und Görings!

Beschließt Proteststreik in den Betrieben für den 3. März, für die Befreiung eures Führers!

Heraus zu Massendemonstrationen am 3. März in Saarbrücken, Neunkirchen und Völlingen gegen den Mordfaschismus im Reich und an der Saar!

Organisiert in Einheitsfront den Massenprotest gegen Hitlers Terror, Hunger-, Katastrophen- und Bürgerkriegssystem und gegen das Faschisierungs-Völkerbundsregime.

Marschiert auf zum Saar-Freiheitskongreß am 8. April.

Wählt in Betrieben, in den Gewerkschaften, in allen Organisationen der Arbeiter, in Stadt und Land Delegierte.

Kämpft mit den Kommunisten für Arbeit und Brot, für höhere Löhne für die Arbeiter und höhere Unterstützungssätze für die Erwerbslosen, für volle Versammlungs-, Presse- und Demonstrationsfreiheit!

Für die soziale und nationale Freiheit durch die Rätemacht!

Auf die Straße, Proletarier, am 3. März!

Nieder mit den faschistischen deutschen und dem fremdländischen Ausbeuterpack! Es lebe die kämpfende Einheitsfront der Arbeiter und Werktätigen unter Führung der Kommunistischen Partei!

Flugblatt der antifaschistischen Einheitsfront

Nicht die Realitäten in Hitlerdeutschland, sondern die Hoffnungen und Ängste bestimmten nunmehr das Abstimmungsverhalten der Saarländer und überlagerten Parteizugehörigkeiten. Das »Gefühlsmäßige« stand nun im Vordergrund, und die Rückkehr in den Mutterschoß sprach die verborgensten Wünsche aus. In dem damals wohl bekanntesten Plakat der Deutschen Front »Deutsche Mutter heim zu Dir« wurde die bevorstehende Rückkehr als Heimkehr des Sohnes in die Arme der deutschen Mutter dargestellt.

Während bei uns im Saargebiet auch 1934 die Zahl der Arbeitslosen noch weiter anstieg, konnte in Deutschland von der Machtergreifung durch Adolf Hitler bis Herbst 1934 die Zahl der Arbeitslosen von über 6 Millionen bis unter 3 Millionen gesenkt werden. So versprach die deutsche Mutter ihrem Kind von der Saar mit großangelegten Arbeitsprogrammen für die 30 % Arbeitslosen und mit Fürsorge und Winterhilfswerk für die Ärmsten sowie mit KdF-Reisen (Kraft durch Freude) und Urlaubsangeboten beizustehen.

Mitbestimmend für das Wählervotum waren auch die Anweisungen und Warnungen der Bischöfe von Trier und Speyer, denen es gelang, die saarländische Geistlichkeit auf die Rückgliederungspolitik der Deutschen Front einzuschwören. In Hirtenbriefen wurde wiederholt die sittliche Pflicht der Liebe und Treue zum angestammten Vaterland betont. Je näher der Abstimmungstag rückte, desto mehr linksorientierte Arbeiter erhoben aus Sorge um ihren Arbeitsplatz ihre Hand zum »Deutschen Gruß«.

1.3 Rückkehr zum Deutschen Reich

Am 15. Januar morgens um 8:00 Uhr hatte sich um unser Radio in der Wohnstube fast die ganze Nachbarschaft versammelt und wartete mit höchster Spannung auf die Bekanntgabe der Ergebnisse – ein Radio besaß damals beileibe nicht jeder Haushalt.

Als dann der Wahlvorsitzende, ein Schwede, verkündete, dass im gesamten Saargebiet über 90 % Wähler für den Anschluss an Deutschland gestimmt hatten, brachen wir gemeinsam in einen Freudenschrei aus und umarmten uns mit Tränen in den Augen als Ausdruck der Befreiung von einer 15-jährigen Fremdherrschaft und Knechtschaft und Aufbruch in eine hoffnungsvolle, glückliche Zukunft.

Kaiserstraße in Saarbrücken im Flaggenschmuck

Später empfand ich auch Mitgefühl für Anhänger des Status Quo, von denen sich damals gleichwohl eine Anzahl mit Tränen in den Augen umarmten, aber fassungslos durch die erlittene Niederlage und die nunmehr vollends verschlossene Tür für ein wenig Zuversicht. Der Stimmenanteil des Status Quo von 7,75 % in meinem Wohnort Merchweiler besagt, dass man unterstellen kann, dass mehr als zwei Drittel der ehemaligen Wähler der KPD und SPD für Deutschland votiert hatten. Unmittelbar nach der Bekanntgabe der Abstimmungsergebnisse gab es kein Halten mehr, und binnen kurzer Zeit erstrahlten jede Straße und jedes Haus mit Fahnen, Fähnchen, Girlanden und frischem Tannengrün im schönsten Schmuck als Ausdruck einer überschwenglichen Freude. Beispielhaft für das ganze Saargebiet zeige ich nachstehend die Kaiserstraße in Saarbrücken im Flaggenschmuck. Am gleichen Tag wurde der Status Quo in Form von nachgeäfften Puppen seiner Anführer unter großer Anteilnahme der Jugend symbolisch verbrannt. Dieses Gehabe und Procedere widerte mich damals schon an, nämlich die schamlose, menschenverachtende Umgangsform mit vorherigen politischen Gegnern.

Viele Jahre später erkenne ich, dass dies ein düsteres Vorzeichen auf ein makaberes Schauspiel war, das sich knapp vier Jahre danach, am Morgen nach der Reichskristallnacht, vor meinen Augen in der Saarbrücker Bahnhofstraße abspielte. Diesmal waren es aber anstatt Puppen lebende, wehrlose sogenannte »Volksschädlinge«, nämlich die Juden, die, auf einem Kleintransporter stehend und mit plakativen Schimpfworten besudelt, langsam an mir vorbeifuhren. Der 15. Januar 1935, der Tag der Befreiung, endete würdevoll mit einem langen Fackelzug.

Noch heute drängt sich immer wieder die Frage auf, besonders bei jüngeren Generationen, wieso der Nationalsozialismus, als zwei Jahre lang seine diktatorischen Herrschaftsmethoden bekannt waren, für den weitaus größten Teil der Bevölkerung eine annehmbare politische Perspektive bieten konnte. Das Wahlergebnis widersprach auch eindeutig den Befunden der historischen Wahlforschung und der politischen Vernunft.

In den Mittelpunkt der Erklärungen zum Wahlergebnis rückt die so hoch emotionalisierte nationale Frage, die die notwendige kritische Distanz zu Hitlers Gewaltherrschaft sehr erschwerte. Nicht die großen politischen Ängste vor KZ, Krieg und die Sorge um die Freiheit, auf die der Status Quo setzte, bestimmten in der Endphase das Verhalten der Menschen. Vielmehr waren es die »kleineren«, viel alltäglicheren und banaleren Dinge, wie u. a. Schaffung von Arbeitsplätzen und Absicherung vorhandener Arbeitsplätze sowie Fürsorge und die Schaffung von neuem Wohnraum. Nicht zuletzt hatte die Aufforderung der beiden Bischöfe zur Liebe und Treue zum deutschen Vaterland das Wahlergebnis wesentlich beeinflusst. Aufklärung und Vernunft hatten in der hoch emotionalisierten Extremsituation kaum eine Chance zu einem Lernprozess.

Schon am 18. Februar wurde die deutsche Zollhoheit auf das Saargebiet ausgedehnt und damit auch die Reichsmark eingeführt; für 6 Franken erhielt man 1 Mark. Am 1. März 1935 erfolgte schließlich die hoheitliche Übernahme des Saargebiets durch das Deutsche Reich, wobei unser Grenzland erstmals die heutige Bezeichnung »Saarland« erhielt. Wiederum gab es große Feiern und Festzüge.

Ich selbst erlebte den 1. März in Saarbrücken inmitten eines unbeschreiblichen Begeisterungstaumels. Adolf Hitler zeigte sich dabei mehrmals auf seinem Zimmerbalkon des Hotels Excelsior und Josef Göbbels am Hotel Messmer gegenüber dem Hauptbahnhof. Den Höhepunkt bildete aber der 1 1/2-stündige Vorbeimarsch der SA, SS und weiterer NS-Formationen vor der gesamten NS-Prominenz am Rathausplatz. Dieses Schauspiel bei strammer Marschmusik war überwältigend und hatte mich zutiefst beeindruckt. Ich ahnte damals aber nicht, was bei dieser Machtfülle der Partei noch alles auf uns zukommen würde.

2 Erinnerungen an die Hitler-Jugend

2.1 Allgemeines

Zeitzeugen des »Dritten Reiches« sind überrascht, wie wenig bis heute versucht wurde, das Leben in und mit der Hitler-Jugend objektiv ohne Polemik darzustellen; stattdessen kursieren in weiten Teilen der Bevölkerung noch Vorstellungen, dass alle Tätigkeiten unter dem Hakenkreuz-Emblem oder bei Verbänden oder Einrichtungen mit vorangestellten Großbuchstaben »NS« (z. B. NS-Volkswohlfahrt) mehr oder minder anrüchig, ja sogar verwerflich waren.

Ich werde mich bemühen Vorurteile auszuräumen und hierbei begleitend zu meinem persönlichen Erfahrungsschatz auf Anweisungen oder Zitate der Reichsjugendführung zurückgreifen. Vorweg möchte ich aber herausstellen, dass der geringen Anzahl echter Gegner der Hitler-Jugend, die aus ihrem Gewissen heraus Widerstand leisteten – vornehmlich in den Kriegsjahren –, Respekt gebührt; manches Schicksal von ihnen war oder endete tragisch.

Außerdem gab es eine kleine Minderheit von Jugendlichen, die sich abseits der Hitler-Jugend hielt, zumeist bindungslose, arbeitsscheue und abseitige. Ich selbst hatte keinen Kontakt zu »Außenstehenden«.

In der allgemeinen Aufbruchstimmung und der Begeisterung nach der Rückkehr ins Deutsche Reich im März 1935 strömten allerorts die Jugendlichen aller Richtungen zur Hitler-Jugend. Sie sahen, wie der weitaus größte Teil der deutschen Bevölkerung, damals in Adolf Hitler den Retter Deutschlands, der es von den Fesseln des Versailler Vertrags befreit und einen ungeahnten wirtschaftlichen und sozialen Aufschwung eingeleitet hatte. Beispielhaft erwähne ich die Arbeitslosenzahlen von 1933 bis 1937, also eine Zeitspanne, in der die Rüstungsindustrie noch nicht stark zum Zuge kam. 1933 – 6.047.000, 1935 – 1.706.000, 1937 – 1.470.000 Arbeitslose.

Nach und nach traten um die 90 % aller Jugendlichen freiwillig in die Hitler-Jugend ein. Sie war weder eine Zwangs- noch eine Staatsjugend, wenn auch nicht verschwiegen werden soll, dass mancherorts ein gewisser Druck ausgeübt worden sein mag. Bei mir selbst war jedenfalls bei persönlichen Vorsprachen um eine Lehrstelle Anfang 1936 die Mitgliedschaft in der Hitler-Jugend nicht angesprochen worden und auch vorher in der Schule war die Mitgliedschaft ohne Belang. Das Einmalige der Hitler-Jugend war, dass sich damals zum Unterschied zu der Arbeiterjugend und den konfessionellen Jugendgruppen die Jugend aller sozialen Schichten und verschiedenen Konfessionen in ihr zu gemeinsamem Jugendleben zusammenfand. Der größte Teil der einzelnen Gruppierungen trat geschlossen der Hitler-Jugend bei, während der Rest per Anordnung aufgelöst wurde. Diese Maßnahme hatte viel Ärger verursacht; zudem war sie nicht zwingend erforderlich.

Ich bemühte mich – wie jeder andere Jugendliche – möglichst rasch die braune HJ-Uniform anzulegen, bestehend aus Mütze, Hemd, Halstuch und Lederknoten, Kniehose, schwarzem Lederzeug und Fahrtenmesser. Der Zeitpunkt der Einkleidung richtete sich nach dem Geldbeutel; an einer stückchenweisen Ergänzung nahm niemand Anstoß. Alle Jugendlichen waren in ihrer neuen Uniform von aufrichtigem Stolz beseelt als Ausdruck der Verbundenheit in einer gleichaltrigen gleichgesinnten Gesellschaft.

Es ist beileibe nichts Besonderes, dass sich die Jugend uniformiert. In vielen Ländern rund um den Erdball, die ich bereiste, trugen nämlich insbesondere Schüler und Schülerinnen recht ansprechende Einheitskleidung. Auch die in den 30er Jahren nach Klassenzugehörigkeit farblich gestaffelten Schülermützen an unseren Schulen sollte man als Stolz und Ansporn verstanden wissen.

2.2 Geländeausbildung

Der Geländedienst war ein wichtiges Teilgebiet der Erziehungsarbeit der Hitler-Jugend. Es erscheint mir notwendig, zunächst auf die vielfach herrschende Auffassung, dass die Hitler-Jugend das Schwergewicht ihrer Arbeit auf »vormilitärische« Ertüchtigung gelegt habe, einzugehen. Man spricht von einem Drang zur militärischen Erziehung der Jugend und sogar von einer kriegsähnlichen Tätigkeit im Frieden. Diese Aussagen sind objektiv falsch. Tatsache ist, dass in der Vorkriegszeit seitens der Wehrmacht überhaupt kein Interesse an der Erziehungsarbeit der Hitler-Jugend bestand. Erst 1942 wurden von HJ-Führern geleitete Wehrertüchtigungslager eingerichtet; sie gingen im Dezember 1944 zum Volkssturm über, erhielten Kombattantenstatus, und die Ausbildung erfolgte an leichten Infanteriewaffen.

Die Geländespiele passten so recht in den jugendlichen Alltag. Wir übten zunächst fleißig das richtige Anpassen an das Gelände sowie Kartenlesen, Entfernungsschätzen und Beobachten. Die Spiele machten uns großen Spaß. Sie unterstellten in keiner Weise militärische Vorstellungen, insbesondere wurden keine Waffenwirkungen erprobt und selbstverständlich auch keine Waffen mitgenommen. Diese waffenlose Geländeausbildung war quasi die Fortsetzung von Indianer- und Pfadfinderspielen in meiner frühesten Jugend und lebt in fast allen Jugenden der Welt. In zahlreichen Wanderungen mit Karte und Kompass erkundeten wir die Heimat; manchmal errichteten wir mit Geäst und Zweigen ein primitives Nachtlager und erfreuten uns bei Gesang und froher Runde.

2.3 Weltanschauliche Schulung

Das Kernstück der weltanschaulichen Schulung bildete der wöchentliche Heimabend, mit 20 bis 30 Hitlerjungen. Es wurde vorgelesen, gesungen und lebhaft diskutiert über aktuelle Ereignisse anhand von Zeitungsberichten. Die Schulungsthemen waren vielseitig; sie sollten uns aber letztlich mit großen Gestalten und herausragenden Geschehnissen der deutschen Vergangenheit sowie mit der Weltanschauung der NSDAP einschließlich des Führers vertraut machen.

Die Mehrzahl der Themen stieß auf recht wenig Interesse und sie wurden schnell abgehakt. Andere wiederum, vor allem solche, die die eigene Lebensgestaltung berührten, fanden offene Ohren mit regem Meinungsaustausch. Mein Interesse an den Heimabenden beschränkte sich auf zeitnahe Themen und ich bedauerte manchmal, dass die Inanspruchnahme durch die Hitler-Jugend mich zu Abstrichen in der Freizeitgestaltung zwang, wo ohnehin schon durch Schule und Beruf Grenzen gesetzt waren. Der Besuch der Heimabende war wohl Pflicht; unentschuldigtes Fehlen führte aber zumeist zu keinen Konsequenzen.

Die jüdischen Mitbürger in Merchweiler wurden von der Hitler-Jugend toleriert, und ich kann mich nicht erinnern, dass es hier zu irgendwelchen Übergriffen und abfälligen Äußerungen seitens Jugendlicher gekommen wäre. Im Gegenteil, bestehende persönliche Kontakte wurden weiterhin gepflegt. Zudem enthielt das Schulungsmaterial für die Heimabende keine Äußerungen von Hass gegenüber Juden oder Anstiftung dazu. Die mit viel Werbeaufwand von Julius Streicher vertriebene antisemitische Wochenzeitung »Der Stürmer« hatte mich damals mit ihren kaum zu übertreffenden Diffamierungen und Schimpfworten sowie den zahlreichen schamlosen Karikaturen regelrecht angewidert.

So war es eigentlich nicht verwunderlich, dass die Reichsjugendführung schon in den ersten Jahren nach der Machtergreifung der Jugend das Lesen dieser Schmutzzeitschrift über Juden verboten hatte. Diese Einstellung der obersten HJ-Führung kommt auch dadurch zum Ausdruck, dass im Jahre 1938 drei Jugendliche wegen Teilnahme an einer Demonstration gegen Juden aus der Hitler-Jugend ausgeschlossen wurden. Die Möglichkeit einer leiblichen Vernichtung des jüdischen Volkes war für uns schier unvorstellbar. Ergänzend sei noch erwähnt, dass der Begriff der »Herrenrasse« von der Hitler-Jugend aus Achtung vor eigenem und fremdem Volkstum nicht vermittelt, sondern abgelehnt wurde.

Das Verhältnis zwischen Hitler-Jugend und den beiden christlichen Konfessionen war geprägt von gegenseitiger Achtung und Duldsamkeit, auch wenn es manchmal zwischen HJ-Dienst und Gottesdienstbesuch zu unliebsamen Überschneidungen kam. Ich zitiere nachstehend drei Aussprüche des Reichsjugendführers Baldur von Schirach, die zugleich die Grundhaltung der Hitler-Jugend widerspiegeln, nämlich eine auf Ehrfurcht gegründete religiöse Freiheit:

• Jeder möge der religiösen Überzeugung dienen, die er vor seinem Gewissen verantworten kann.
• Ich habe in der Hitler-Jugend niemals einen Gottlosen geduldet.
• Ich erwarte, dass jeder Hitlerjunge und jedes BDM-Mädel einem Mütterchen, das an einem Wegkreuz Trost sucht, Reverenz erweist. Niemand in Deutschland, er mag persönlich glauben, was er will, darf dem Christentum unehrerbietig gegenübertreten.

Es ist demgegenüber jedoch unbestreitbar, dass es gelegentlich zu schroffen Äußerungen über das Christentum und seine Institutionen kam. Diese Überreaktionen gegen die Kirchen und ihre Vertreter wurden von der obersten HJ-Führung weder angeordnet noch geduldet. Gegenüber der in den dreißiger Jahren aufkommenden »Deutschen Glaubensbewegung« und der Bewegung »Deutscher Christen« hielt sich die Hitler-Jugend ganz zurück, um nicht zu einer weiteren konfessionellen Spaltung der Bevölkerung beizutragen. An dieser Stelle muss bereits gesagt werden, dass die Gestapo Geistliche, die die Allmacht Hitlers und die Ächtung politischer Gegner anprangerten, als Staatsfeinde aufspürte und zumeist in KZ-Haft nahm.

2.4 Neue Betätigungsfelder

Die vornehmlich auf weltanschauliche Schulung getrimmten Heimabende entsprachen immer weniger meinem Verlangen nach mehr Eigeninitiative und schulischem Ausgleich. Ich war daher heilfroh, als Flötist in einem neu aufgestellten Spielmannszug mitzuwirken. Unsere flotte, lautstarke Marschmusik währte leider nur wenige Monate, denn ein Spielmannszug durfte nur auf höherer Ebene gebildet werden. Flötespielen behielt ich aber weiterhin bei als ergänzende Abendmusik.

Da ich bereits in früher Jugend in die Schwachstromtechnik verfallen war, erfüllte sich mit dem Aufbau einer Nachrichtengruppe der Hitler-Jugend ein ersehnter Wunschtraum. Sie hatte zum einen die Aufgabe, bei Veranstaltungen Lautsprecheranlagen und Fernsprechverbindungen aufzubauen und zu bedienen, und zum anderen sollten ihre Jungen im Funken, Morsen und Telefonieren ausgebildet und ihnen technische Kenntnisse vermittelt werden. Ohne viel Mundwerbung fanden alsbald etwa 15 neugierige Kameraden den Weg zur Nachrichtengruppe. Mit Elan begannen wir mit ausgemusterten Fernsprechapparaten Telefonverbindungen herzustellen, wobei ein Kurbelinduktor den Weckruf beim Empfänger erzeugte. Eine große Freude bereitete uns das Morsen in selbstgebastelten Geräten mit Taster und Summer. Zuvor mussten wir aber fleißig das Morsealphabet aus Punkten und Strichen lernen. Gerne verständigten wir uns auch über längere Strecken mit Blinkzeichen unserer Taschenlampen; dabei ersetzte kurzes oder längeres Aufblinken den Hörton beim Morsen.

2.5 Zusammenfassung

Das von der Hitler-Jugend in der Jugenderziehung Gewollte und Erreichte wurde nach 1945 in Bausch und Bogen verurteilt. Meine Generation hat aber bei einer kritischen Betrachtung dies nicht verdient, vollbrachte sie doch guten Glaubens beachtliche Leistungen. Mögen meine Ausführungen mithelfen immer noch vorhandene verzerrte und falsche Vorstellungen über die Hitler-Jugend zu berichtigen und zumindest für ihr Wollen und Handeln Verständnis zu wecken. Die großen Leistungen der deutschen Jugendbewegung vor der Zeit der Hitler-Jugend waren und sind weiterhin unbestritten. Das Verdienst der Hitler-Jugend war aber zweifellos, dass sie die zerstrittene deutsche Jugend einte, dass sie die Arbeiter-, Bauern- und Bürgerkinder sowie die konfessionell gespaltene Jugend zusammenführte.

Selbstverständlich hatten wir Jungen den nationalsozialistischen Gedanken zur Beseitigung der wirtschaftlichen Not und sozialer Spannungen mitgetragen, da doch sogar hohe Politiker des Auslandes in den dreißiger Jahren dem »neuen Deutschland« Respekt und Bewunderung zollten. Auch namhafte Wissenschaftler waren oder schienen in vollem Einklang mit dem damaligen Zeitgeist. Wie sollte sich da eine Jugend einer so hoffnungsvollen Zukunft verweigern? Wie sollte sie erkennen, was sie heute weiß? Glaubt nicht jede gesunde Jugend, die Welt verbessern zu können? Es soll aber nicht verschwiegen werden, dass Fehler vorkamen oder gemacht worden sind.

Bei Übergriffen von Hitlerjungen auf Andersdenkende handelte es sich um nicht geduldete Einzelaktionen; sie schädigten das Ansehen der Hitler-Jugend. Andererseits muss man mit Hochachtung in den Kriegsjahren Aktionen früherer Hitlerjungen im Widerstand würdigen, die mit viel Mut die in einen menschenverachtenden Unrechtsstaat gewandelte Hitlerdiktatur bekämpften. Ich denke an die »Weiße Rose« in München mit

Willi Graf und den Geschwistern Scholl, die 1943 hingerichtet wurden.

Ich schließe in der Hoffnung, dass meine Zeilen bei einer kritischen, jedoch nicht polemischen Betrachtung zu einer echten Bewältigung der Vergangenheit beitragen und der heutigen Generation Denkanstöße für die Zukunft geben. Auch wenn der Dienst in der Hitler-Jugend viel wertvolle Zeit in meinen Jugendjahren beanspruchte und mir manches nicht passte, so erinnere ich mich dennoch gerne an diese Zeit zurück, ebenso wie fast alle »Ehemaligen«, die ich angesprochen habe. Gleiches bestätigt meine gleichaltrige Frau, die dem Bund Deutscher Mädel (BDM) angehörte.

3   1938 bis 1940: Eine nimmersatte, bedenkliche Expansionspolitik

Im Jahre 1938 setzte bei mir und bei vielen anderen – auch bei Angehörigen von NS-Formationen – ein Umdenken ein. Während bis 1938 ein »Wirtschaftswunder« das deutsche Volk ungemein bereicherte, begannen nunmehr eine Expansionspolitik und eine Aufrüstung ohnegleichen, die Böses erahnen ließen. Im März 1938 marschierten deutsche Truppen bei überschäumender Begeisterung der einheimischen Bevölkerung in Österreich ein; ein halbes Jahr später musste die Tschechoslowakei das Sudetenland an das Deutsche Reich abtreten. 1938/39 wurde unter riesigem Aufwand an Menschen und Material der Westwall gebaut. Er bestand aus 14.000 Bunkern und zahllosen Betonriegeln zur Panzerabwehr. Propagandistisch groß gefeiert und als unüberwindlich dargestellt, bestand er aber 1944/45 nirgendwo seine Bewährungsprobe.

Arg betroffen gemacht hatten mich die Geschehnisse in und nach der »Reichskristallnacht« am 09./10. November 1938, eine weitere Entrechtung der Juden, ihre Isolierung und der Beginn ihrer Verfolgung. Eine von oberen NS-Stellen gesteuerte schamlose Hetze verabscheute der weitaus größte Teil der Bevölkerung, aber ein jeder war machtlos dagegen. Im Abschnitt »Judenverfolgungen« schildere ich meine Eindrücke beim Brand der Synagoge und die »Zurschaustellung« von Juden in Saarbrücken.

Das Studium an den Ingenieurschulen in Saarbrücken und Frankfurt am Main war nur wenig von der NS-Ideologie angehaucht, jedoch entsprach der vom NS-Studentenbund organisierte obligatorische Einsatz als Erntehelfer in Schlesien dem politischen Wollen, nämlich die Solidarität zwischen Studenten und Bauern zu demonstrieren. Bei gutem Verhältnis zum Bauern und zu seinem Gesinde bestand meine Haupttätigkeit im Ährenlesen oder anderen leichten Feldarbeiten, nur ein ganz kleiner, unwichtiger Beitrag zur Ernteeinbringung. Bei Kriegsbeginn arbeitete ich als

Werkstudent bei Siemens-Schuckert in Berlin. Kein Jubel wie zu Beginn des 1. Weltkriegs, eher eine leicht gedrückte Stimmung. Schon Aufregung am ersten Tag; es heulten die Sirenen, weil angeblich polnische Bomberverbände im Anflug auf die Reichshauptstadt waren. 1940 absolvierte ich die im Juni 1935 eingeführte sechsmonatige Arbeitsdienstpflicht beim nationalsozialistisch geprägten Reichsarbeitsdienst (RAD). Der Dienst diente vornehmlich der Wehrertüchtigung und war abwechslungsreich, stramm und penibel, aber ohne Schikane. Im August 1940 verstärkten wir in der Bretagne das Bodenpersonal der He 111, des Standardbombers der Luftwaffe, beim Hantieren mit der Bombenlast. Die an große Erwartungen geknüpfte Luftschlacht über England musste wegen unerträglicher Verluste abgebrochen werden. Der Verlust von etwa 2.400 Flugzeugen und deren Besatzungen bedeutete einen Aderlass, der sich später bitter rächte. Die Bevölkerung schien zurückhaltend und suchte keinen Kontakt. Gleichwohl ist man erstaunt, dass 1945 mit Kollaborateuren, also mit Personen, die die deutsche Besatzung unterstützten, eine blutige Abrechnung erfolgte. Es wurden Hunderttausende verurteilt mit zahlreichen Hinrichtungen. Der Hass der Bevölkerung traf besonders Frauen, die sich mit deutschen Soldaten eingelassen hatten.

4 1940 bis 1943:
Als Soldat gedrillt und gekämpft

4.1 Rekrutenzeit: Strapazen, Bedenken und Zufriedenheit

Am 3. Dezember 1940 muss ich das Maschinenbaustudium an der TH Darmstadt abbrechen und als Rekrut in das dortige Grenadierregiment einrücken. Euphorisch hofft man, dass aufgrund der Blitzkriege in Polen, Frankreich und Norwegen und des Nichtangriffspaktes mit Russland der Krieg nicht noch lange dauert und das Studium abgeschlossen werden kann. Ich war damals 20½ Jahre alt. 3½ Jahre später liegt das Einberufungsalter bei 16½ Jahren, ein Zeichen des gewaltigen Bedarfs an Soldaten. Mein Schwager wurde gleichfalls schon mit 16½ Jahren, im Mai 1944, eingezogen und zwar – nicht freiwillig – zur Waffen-SS. Schon wenige Monate später ist er an der Ostfront gefallen, eines der vielen Soldatenschicksale, über die man nach Kriegsende in berufenen Kreisen nicht gerne redete, weil es sich um Gefallene der Waffen-SS handelte, und man verspürte kaum ein Anzeichen von Pietät gegenüber den Angehörigen. Dabei hatte gerade die Waffen-SS (ich spreche nicht von anderen SS-Einheiten) im 2. Weltkrieg den größten Blutzoll erbringen müssen, wobei manchmal überharter Einsatz nicht verschwiegen werden darf.

Durch die vormilitärische Ausbildung im Reichsarbeitsdienst bin ich bereits reichlich auf die anstehende Rekrutenzeit vorbereitet. Die harte, aber korrekte Grundausbildung bei ausgiebiger Bekanntschaft mit dem berüchtigten Griesheimer Sand verläuft problemlos.

Drei bemerkenswerte Gegebenheiten aus der Darmstädter Zeit bleiben mir in Erinnerung:

• *Eine würdige, christlich geprägte Weihnachtsfeier mit einem Buchgeschenk.*

- *Ein äußerst wichtiges Exerzierelement ist – wie seit eh und je – der militärische Gruß durch Anlegen der rechten Hand an die Kopfbedeckung.* Der sogenannte Deutsche Gruß durch Erheben des rechten Armes wird erst späterhin für die Soldaten obligatorisch.
- *Zum Kleidungssortiment gehört auch ein Ausgehanzug mit Schirmmütze. Im weiteren Kriegsverlauf wird diese üppige Ausstattung alsbald aufgegeben.*

Bereits Ende Januar 1941 erfolgt die erste Versetzung und zwar nach Speyer in die Orff-Kaserne zur Ausbildung als Infanterie-Pionier, ein bislang wenig bekannter Ausdruck über die soldatische Verwendung. Der Alltag ist nunmehr weniger eintönig. Wir bauen leichte Brücken und Stege, üben Flussüberquerungen, bewegen uns in »vermintem« Gelände und nach der wöchentlich größeren Geländeübung geht es mit Marschmusik der Regimentskapelle zurück in die Kaserne. Zudem haben wir Soldaten die damals berechtigte Hoffnung, dass nach den Siegen an allen Fronten das Ende des Krieges näher rückt.

Anfang April 1941 beginnt ein neuer Abschnitt in meiner Soldatenzeit; mit weiteren Studienkollegen der TH Darmstadt absolviere ich einen KOB-Lehrgang (Kriegs-Offiziers-Bewerber), der sich über drei Monate hinzieht. Obwohl ich überhaupt keinen Ehrgeiz an einer Soldaten-Karriere verspüre, besteht leider keine Möglichkeit, mich von diesem Lehrgang loszusagen.

Im Dienstablauf werden zunehmend frontnahe Bedingungen unterstellt. Der Schifferstädter Wald, der Dudenhofer Sand und die Rheinauen sind hierzu bestens geeignet. Die Platzpatronengefechte enden im Nahkampf mit aufgepflanztem Bajonett, für uns unvorstellbar, dass dieses grausame Spiel ernste Wirklichkeit werden könnte. Scheingefechte werden am Sandkasten nachvollzogen; List und Einfallsreichtum kommen bei diesen Sandkastenspielchen zum Tragen. Die Zielsetzung »Vernichtung des Feindes« begleitet uns Tag um Tag wie ein Alptraum. Lange Ausdauermärsche und Nachtübungen bereichern den Dienstplan, wobei ein überaus strenges Augenmerk darauf gelegt wird, dass der KOB-Lehrgang ein Aushängeschild des Bataillons sein muss.

Am 22. Juni 1941 beginnt der Russlandfeldzug, ein Unterfangen, das uns Kriegs-Offiziers-Bewerber anfangs recht nachdenklich stimmt. Zum einen sind dies der riesenlange Frontverlauf von Griechenland bzw. Nordafrika durch zahlreiche besetzte Gebiete bis nach Norwegen, und zum anderen erinnern wir uns an die endlosen russischen Weiten, die bereits Napoleon zum Verhängnis wurden. Außerdem weckt die plötzliche Abkehr vom zuvor hochgepriesenen deutsch-russischen Nichtangriffspakt arges Misstrauen.

Die Propagandamaschinerie versteht es vortrefflich, die angeblich drohende Gefahr des Bolschewismus, die den Untergang des Abendlandes bedeuten würde, immer wieder an den Pranger zu stellen. Da zudem die vorstoßenden deutschen Armeen überraschend große Anfangserfolge vorzuweisen haben, wird auch bei uns jungen Menschen der angelaufene Russlandfeldzug allmählich als notwendiges Übel aufgenommen. Außerdem hat das Wort von Papst Pius XII. »Lieber Faschismus als Bolschewismus« seine Wirkung nicht verfehlt.

Als ich mich innerlich bereits mit dem Fronteinsatz abgefunden habe, erfolgt schließlich am 23. Juli die Verlegung in die Horn-Kaserne nach Trier. Das dortige Übungsgelände ist der Grüne Berg, ein Hochplateau zwischen Mosel und Ruwer, wo in einer Reihe von Scheingefechten neueste Fronterfahrungen ausgelotet werden. Bereits nach 14 Tagen folgt dann in Koblenzer Kasernen das Einkleidungsritual. Vom Kopf bis zum Fuß gibt es neue Klamotten sowie die komplette Ausrüstung. Die verpassten Stiefel führten im Nachhinein zu argen Blasenschmerzen und letztlich zu Erfrierungen an beiden Füßen, was für mich das Ende des Fronteinsatzes in Russland bedeutete. Mit großem Gepäck geht es dann am 19. August 1941 zum Marschbataillon 2032 nach

Heidelberg-Kirchheim mit letzter Gelegenheit, von Angehörigen Abschied zu nehmen. Ein langer Zug mit gedeckten Güterwagen nimmt uns auf und verlässt Heidelberg Richtung Osten zu einem uns unbekannten Ziel als Nachschub für Ausfälle bei der kämpfenden Truppe.

4.2   Der lange Weg zur Front

Die Eisenbahnfahrt verläuft zügig mit Zwischenhalten für Lokomotivwechsel sowie für Versorgung mit Wasser und Verpflegung, zugleich verbunden mit militärischen Bewegungsübungen, alles genau nach Plan. Unser Strohlager in den Güterwagen ist sicherlich für die mehrtägige Fahrt angenehmer als das Ausruhen auf den harten Holzbänken von Personenwagen. Die Stimmung unter uns weder fronthungrigen noch frontbeflissenen Soldaten entspricht eher einer willfährigen Gruppe, die den kommenden Tagen und Wochen gelassen entgegensieht mit der stillen Hoffnung auf gutes Gelingen und auf eine nicht allzu lange auf sich warten lassende Heimkehr.

Am 1. September 1941 erreicht unser Zug sein Endziel, die ukrainische Stadt Winniza, beiderseits des Bug gelegen und etwa 180 km von der alten russisch-polnischen Grenze vor 1939 entfernt. Bis hierher haben Eisenbahnpioniere die russische Breitspur bereits auf Normalspur umgenagelt. Nun beginnt der lange Weg durch die schier endlosen Weiten der Ukraine und zwar alles zu Fuß mit einer täglichen Wegstrecke von 30 bis 35 km. Kein einziges Motorfahrzeug (Pkw oder Lkw) steht zur Verfügung. Für unser schweres Gepäck werden Einheimische mit Pferd und Wagen angeheuert. Lediglich unser Bataillonskommandeur, ein Reserveoffizier aus dem 1. Weltkrieg, führt hoch zu Ross unsere lange Kolonne an.

Schon nach zwei Tagesetappen zeigen sich an den strapazierten Füßen die ersten Blasen, eigentlich nicht verwunderlich bei den neuen, nicht eingelaufenen Stiefeln. Außer den Blasen entstehen vornehmlich an den Fersen äußerst schmerzhafte Wundflächen, wobei sich die Haut vom Fleisch gelöst hat. Pflaster und Salben bringen wohl ein wenig Linderung, aber bei den anstrengenden Tagesmärschen können die Wunden kaum verheilen, und ich muss trotz Schmerzen so oder so am Ball bleiben. Meinen zu engen »Knobelbechern« habe ich aber letztlich zu verdanken, dass ich – wie später ausgeführt – nicht als Soldat mein Leben lassen muss.

Nach wenigen Tagen steht unser Tross bereits am Stadtrand von Uman, in dessen Umfeld wenige Wochen vorher die erste große Kesselschlacht stattfand. Zahlreiche abgeschossene Panzer und Lastwagen sowie Panzersperren und Unmengen von weiterem Kriegsgerät entlang der Wegstrecke lassen uns erahnen, mit welcher Erbitterung hier gekämpft wurde, ein ängstlicher Vorgeschmack auf den uns stetig näher rückenden ersten Einsatz.

Riesengroße Getreidefelder reihen sich aneinander, so weit das Auge reicht, eigentlich keine Überraschung, denn wir marschieren durch die Kornkammer der Sowjetunion. Vereinzelt regt sich wieder Leben auf den Feldern, um vom Kampfgeschehen verschonte Restbestände abzuernten. Schließlich hat der unter der Präambel »Volk ohne Raum« gestartete Russlandfeldzug als ein äußerst wichtiges Kriegsziel auch die Eroberung der Ukraine angesehen, um mit diesem schier ewiglich sprudelnden Getreidespeicher die Versorgung der Bevölkerung des sogenannten »1.000-jährigen Reiches« sicherzustellen.

Der Tagesablauf vollzieht sich nach stets gleichem Schema, wobei aber besonders die Monotonie der vielstündigen Tagesmärsche zu melancholischen Ansätzen wie z. B. Niedergeschlagenheit und Heimwehgedanken führt. Die abendlichen Einquartierungen sind im Allgemeinen durch das Vorauskommando recht gut vorbereitet. Wir beziehen zumeist Schulräume, Scheunen oder Hallen, aber ab Feldwebel aufwärts werden Wohnräume belegt.

Der Verpflegungsnachschub scheint keine Probleme zu haben und das Essen aus der Feldküche – genannt Gulaschkanone – ist schmackhaft. Soweit ich feststellen kann, werden keine Requirierungen im näheren Umfeld vorgenommen und sie sind auch nicht erforderlich.

Von Uman bis zum Dnjepr, dem zweitgrößten Strom Osteuropas und Lebensader der Ukraine, haben wir noch gut 350 km auf Schusters Rappen zurückzulegen. Mein Sorgenkind bleiben weiterhin die mit Blasen und noch nicht verheilten Wunden angeschlagenen Füße. Endlos das Land, zerfahrene Wege verschlechtern den Straßenzustand zusehends. Die verstärkt Richtung Front und in umgekehrter Richtung fahrenden Fahrzeugkolonnen sind in dichte Staubwolken gehüllt und führen zu unfreiwilligen Aufenthalten. Zudem mehren sich Umfahrungen infolge zerstörter Brücken oder Hindernissen, was zwangsläufig zu Korrekturen im Marschplan führt.

Ende September, also nach knapp vier Wochen Fußmarsch, stehen wir am Ufer des Dnjepr bei der weitgehend zerstörten Stadt Krementschug, die auf der anderen Stromseite liegt. Die Pioniere haben hier eine Pontonbrücke über den Fluss geschlagen, über die der Nachschub für große Teile der Heeresgruppe Süd rollt. An diesem Nadelöhr müssen wir eine längere Wartezeit in Kauf nehmen. Obwohl die sowjetische Luftwaffe schon stark gelähmt ist, versuchen ihre Kampfflieger die Brücke trotz enormer Verluste immer wieder anzugreifen.

Wenige Tage später hat unser Marschbataillon die ihm zugewiesene Felddivision, nämlich die 100. Jägerdivision, erreicht. Ich werde dann unverzüglich mit weiteren Infanterie-Pionieren an die 13. Kompanie des Jägerregiments 54 übergeben, alles ohne irgendwelches Zeremoniell. Diese Infanterie-Pionier-Kompanie ist nunmehr meine neue Kriegsheimat.

4.3 Die erste geschlagene Schlacht

Unseren Kampfraum bildet vorerst die Region Poltawa östlich des Dnjepr. Bei unserer Division handelt es sich um eine sogenannte leichte Division, auserkoren für unwegsames Gelände und dementsprechend mit möglichst leichtem Kriegsgerät ausgerüstet. Auf der Ebene der Kompanie sind wir beim weiteren Vormarsch fast ganz und gar auf unsere eigenen Füße angewiesen. Lediglich für unsere Munition und schweres Gepäck sind Panje-Fahrer im Einsatz; dies sind Ukrainer, die sich als Hilfswillige (Hiwis) zur Verfügung stellen in der Hoffnung auf eine späterhin unabhängige Ukraine. Ihre einspännigen Wagen zieht ein Pony oder Maulesel, beides Tiere, die anspruchslos, genügsam und widerstandsfähig sind, also beste Eigenschaften für die Verwendung auf den zunehmend schlammigen Wegen und im regennassen Gelände besitzen.

Der Gedankenaustausch und der engere Kontakt wickeln sich nunmehr innerhalb der Gruppe, das ist die kleinste Heereseinheit, ab. Meine zugehörige Gruppe besteht nach dem Dienstrang geordnet aus dem Unteroffizier, drei Gefreiten, drei Oberschützen, zwei Schützen und uns vier Neuzugängen, bunt gemischt nach Heimatregionen und Berufen. Zunächst wird die neue Anschrift, das ist die Feldpostnummer, den Lieben zu Hause mitgeteilt; die erste Heimatpost hingegen wird noch weiter auf sich warten lassen. Überhaupt, die Hauptsorge in der Kameradenrunde gilt dem Alltag in der Heimat. Wie ist die Versorgung mit Brot und Fleisch? Welche Schäden durch feindliche Luftangriffe? Welche Jahrgänge werden einberufen? Wie ist die Stimmung nach über zwei Kriegsjahren? Gespräche über das aktuelle Frontgeschehen sind zweitrangig und stammen zumeist aus der Gerüchteküche.

Die Vorausabteilung des Regiments ist nach zweitägigem Vormarsch bei nur wenig Widerstand auf die neu angelegte Verteidigungsstellung der Sowjets vor dem Städtchen Walki gestoßen.

41

Indessen vernehme ich die frontnahe prickelnde Atmosphäre, ausgelöst durch emsiges Hin und Her von Fuß- und Kradmeldern sowie insbesondere bei der einsamen Nachtwache durch das heftige Störfeuer an der nahen Hauptkampflinie. Am nächsten Abend erreichen uns dann Befehle für halb 5 Uhr Wecken und halb 6 Uhr Abmarsch in den Bereitstellungsraum; für die »alten Hasen« unserer Gruppe nichts Besonderes, aber uns vier Neulinge belastet die anstehende Feuertaufe mit einem allzu verständlichen Angstgefühl.

Es ist noch halbdunkel, als wir unseren Bereitstellungsraum, eine Bodensenke, an die sich nach Osten hin ein Niederwald anschließt, erreichen. Ringsum ein gespensterhaftes hektisches Treiben; als Sonderration erhält jeder eine halbe Tafel Schokolade, Zigaretten und Tee mit Rum und außerdem wird die Munition um vier Eierhandgranaten ergänzt. Dann folgt eine bedrückende Stille; wie ich sind fast alle mit sich selbst beschäftigt, in sich versunken, in gefasster Erwartung des anbrechenden Tages; man fühlt sich aber geborgen inmitten von Kameraden, die den gleichen Weg gehen müssen, ein kleiner Trost. Leichte Unruhe kommt auf, als ein in der Nacht ausgerückter Spähtrupp immer noch nicht zurückgekehrt ist. Der Trupp wird später mit durchschnittenen Kehlen aufgefunden.

Als die Morgenröte anfängt schwach zu leuchten, ergeht der Angriffsbefehl. Das Waldstück vor uns durchschreiten wir in Schützenreihe und schwärmen dann so aus, dass ein Abstand von 8 bis 10 Meter von Mann zu Mann bleibt, alles gemächlich, ohne Hast und Eile. Zugleich aber beginnt unsere Artillerie mit ihrem Feuerwerk, um die feindliche Artillerie in Schach zu halten und um unser Vorgehen zu sichern. Die Antwort lässt nicht lange auf sich warten, und die sowjetischen Granaten zischen heran. Zum Glück zerbersten sie vor unseren Angriffslinien. Unbeirrt von den Einschlägen setzen wir in stoischer Ruhe den Vormarsch fort. Es folgen wenige Minuten Verharren auf der Stelle; dann weiteres

Vorgehen, das von Streufeuer der feindlichen Artillerie begleitet wird. Die Schussfolge verdichtet sich zu einem Sperrfeuer, dem wir uns zusehends nähern. Aus dem heulenden Anfluggeräusch lernt man aber rasch, ob und inwieweit der Aufprall der Granaten lebensbedrohend sein wird. Ich höre die ersten Hilferufe nach einem Sanitäter, die sich dann an anderer Stelle wiederholen. Kurz vor einem Granateinschlag in unmittelbarer Nähe werfe ich mich blitzschnell zu Boden; glücklicherweise finden nur einige kleinere Erdklumpen den Weg zu mir. Über Stoppelfelder hinweg gehen wir behutsam weiter vor und entfernen uns zusehends vom Zielraum der Artilleriegeschosse. Den Gegner selbst können wir aber noch nicht aufspüren.

Hüben wie drüben schweigen die Waffen, kein gutes Omen. Doppelt vorsichtig und aufs äußerste angespannt setzen wir Schritt um Schritt in den weichen Boden. Nach einer Weile zerreißt plötzlich Gewehrfeuer die unheimliche Stille; dieses gilt den Kameraden des 80 m weiter vorne rechts operierenden 3. Zuges. Hinter einer kleinen Bodenwelle suche ich schnellstens etwas Schutz, bevor MG-Salven auch unseren Abschnitt eindecken. Als erste, fast automatische Reaktion ergreife ich meinen Spaten und buddele mir in liegender Stellung eine flache Erdmulde; immerhin scheint mir, dass ich mit dem kleinen Schutzwall etwas mehr Sicherheit habe. Über eine halbe Stunde bleibe ich fast regungslos liegen; nur ab und zu schaue ich in Richtung Feind sowie nach links und rechts, ohne etwas Besonderes wahrzunehmen. Das Gewehrfeuer verebbt allmählich wie ein Silvesterfeuerwerk, aber hinter mir höre ich Stimmengewirr und Fahrzeuggeräusche und vermute, dass Infanterie-Geschütze in Stellung gebracht werden.

Mit einem Feuerüberfall auf die feindlichen Linien beenden dann die Infanterie-Geschütze die Feuerpause. Auf ein Kommando hin brechen wir auf und pirschen uns in der langsamen, vorsichtigen Gangart näher an den Feind heran, bis uns MG-Salven abermals auf den Boden zwingen. Diesmal habe ich verdammt Glück, denn ein Streifschuss entlang meines Stahlhelms durchbohrt die Feldflasche, ohne mich zu verletzen. In Windeseile buddele ich mich in die lockere Erde ein und rauche sogleich auf die Schrecksekunden hin gierig und halb kauend eine Beruhigungszigarette. Minuten verrinnen und es herrscht fast Waffenruhe auf beiden Seiten. Ich kann meine Gedanken wieder ordnen, insbesondere im Hinblick darauf, wie ich das Beste aus der misslichen Lage machen kann. Plötzlich scheint die Hölle aufzubrechen. Eine berüchtigte sogenannte Stalin-Orgel schleudert ihre todbringenden Geschosse mit ohrenbetäubendem Heulen in unseren Kampfraum und entfacht hinter meinem Rücken ein weitflächiges Flammenmeer. Es handelt sich dabei um ein Salvengeschütz mit 42 Raketengeschossen, deren moralische Wirkung den Stukabombern ähnelt, allerdings mit geringer Treffsicherheit. Im Flammeninferno hat es drei unserer tapferen Munitions-Fahrer erwischt, die ukrainischen Hiwis (Hilfswilligen) und die störrischen, aber durch dick und dünn gehenden Maulesel samt Ladung.

Nach einer Weile eröffnen die Sturmgeschütze unseres Regiments gezieltes Granatfeuer auf vorgeschobene gegnerische Stellungen, während wir uns wieder ein Stück vorarbeiten. Rechter Hand unserer Kompanie bereitet sich eine kroatisch-bosnische Einheit zur wohl letzten Attacke vor. Nach einem Gebet stürmen dann unsere Verbündeten mit Hurra-Rufen über die leicht gewellte Ebene. Wir geben Feuerschutz, wobei ich jeweils auf das Mündungsfeuer des Gegners ziele – obwohl er nur etwa 130 m entfernt ist, sind kaum Konturen von ihm zu erkennen. Nachdem das Gewehrfeuer verstummt ist, gehen wir gleichfalls zum Angriff über. Ohne Gegenwehr erreichen wir schnell die feindlichen Stellungen, sie sind bereits verlassen, die Russen verschwanden unter Mitnahme ihrer Toten und Verwundeten.

Inzwischen hält die Dämmerung Einzug; meine Kameraden und ich werden sogleich beauftragt, noch auf dem Kampffeld verbliebene Verwundete auf Zeltplanen zum provisorischen Verbandsplatz zu bringen. Es handelt sich durchweg um Schwerverwundete und dabei zumeist um solche mit Bauchschuss, bei denen oftmals jede Hilfe zu spät kommt. Noch zu später Stunde begrüßt uns im eroberten Städtchen Walki der Regimentskommandeur Oberst Reck mit anerkennenden Worten an seine Jäger-Soldaten. Todmüde versinke ich danach in einen tiefen Schlaf auf dem Heuboden einer Scheune.

Bei diesem ersten Gefecht sind bereits über ein Drittel der Neuzugänge aus der Heimat ausgefallen, entweder verwundet worden oder gefallen. Der alte Stamm hingegen hatte fast keine Verluste. Ich habe sogleich erkannt, dass dem Feldspaten und seiner Handhabung sowie einem vorsichtigen, behutsamen Verhalten im Kampfgelände eine weit größere Bedeutung beizumessen ist, als dies in den Heimatgarnisonen geschieht.

4.4 Weiter mit »General Schlamm«

Die Hoffnung nach dem erfolgreichen Gefecht auf einen Ruhetag oder eine langsamere Gangart erweist sich als trügerisch; im Gegenteil, der bei den oberen und obersten Kommandostellen bestehende Drang nach Osten bleibt ungebrochen. In deren Landkarte werden mit Steckfähnchen die von uns zu erreichenden Tagesziele vorgegeben und ganz konsequent auf deren Einhaltung gedrängt, damit sie sich letztlich immer aufs Neue mit ersehnten Erfolgslorbeeren schmücken können.

Nachdenklich bin ich in Bezug auf die weiter zunehmende Distanz bis zur Heimat und dennoch zuversichtlich, dass der Feldzug siegreich zu Ende geht. So rücken wir planmäßig von Tag zu Tag weiter vor, wobei Spähtrupps und Vorauskommandos das Gelände von vereinzelten Widerstandsnestern säubern. Wir folgen im Sichtabstand, zunächst als Marschkolonne und schwärmen dann jeweils im Nahbereich eines Dorfes aus. Die verbliebenen Einwohner – zumeist Frauen und Kinder – verlassen zaghaft ihre Verstecke. Ihre verständlichen Ängste und ihr Misstrauen, ausgelöst durch die sowjetische Propaganda, schlagen zunehmend in Zutrauen um; ja, sie sind sichtlich erleichtert darüber, von der Stalin-Diktatur befreit zu sein und dass ihnen endlich der Weg zu einer unabhängigen Ukraine eröffnet wird. Sie ahnen aber nicht – und wir Landser auch nicht –, dass ihre Leutseligkeit und ihr Glauben an eine schönere Welt von den später nachfolgenden, hauptsächlich politisch orientierten und auf Ausbeutung ausgerichteten Verbänden aufs ärgste betrogen werden. Anstatt dass neu gewonnene Freundschaften besiegelt wurden, entstanden hierdurch erbitterte Feindschaften, die sich in den Partisanenkämpfen der nachfolgenden Kriegsjahre widerspiegeln.

»General Schlamm« schlägt voll zu.

Die Wege verwandeln sich mit jedem Tag mehr und mehr in Schlammpisten. Das Vorgehen im oftmals knöcheltiefen Schlamm ist überaus anstrengend. Die Panje-Fahrer mit unserem Munitionsvorrat haben es sogar noch schwerer als wir und versinken mit Pferd und Wagen im Schlamm. Obwohl die an und für sich widerspenstigen Maulesel ihr Letztes geben, müssen wir mit anpacken; während die einen kräftig schieben helfen, legen die anderen Hand an die Radspeichen. Es heißt, »General Schlamm« habe zugeschlagen; er verzögert wohl unseren Vormarsch, kann ihn aber nicht aufhalten. Ich stelle mir insgeheim vor, wie an anderen Frontabschnitten Panzer und schwere Geschütze im Schlamm stecken bleiben und weder vor- noch rückwärts können. Man merkt schließlich bereits an der Verpflegung, dass deren Nachschub sich verzögert, verständlich, denn der Nachschub an Kriegsgerät und Munition hat Vorrang.

Während wir uns mühsam durch eine Orgie von Schlamm vorarbeiten, nimmt bereits die schwere Artillerie vorwiegend die zahlreichen Rüstungsbetriebe in der ukrainischen Wirtschaftsmetropole Charkow mit fast einer Million Einwohnern unter Beschuss. Es dauert aber fast noch einen weiteren Tag, bis wir den Stadtrand im Blickfeld haben, und wir werden alsbald am äußeren Verteidigungsring durch heftiges Gewehr- und Granatfeuer gezwungen, in Deckung zu gehen. In einem nahen, dichtbewachsenen Waldstück beziehen wir Stellung mit der Weisung, den Gegner genauestens zu beobachten, nur zu schießen bei eindeutiger Zielansprache und jeglichen Ausbruchsversuch unmittelbar zu vereiteln. Mir ist sofort klar geworden, dass die Umklammerung der Großstadt zügig voranschreitet und dass der Hauptstoß ins Herz der Stadt mit Panzereinheiten erfolgt. Gezieltes Gewehrfeuer und MG-Salven künden ab und zu von der beidseitigen Kampfbereitschaft, wobei ich meine eigene Position mehrmals seitlich verschiebe. Die Nacht verläuft ruhig, abgesehen von Leuchtgranaten, die den Frontverlauf taghell machen.

Frühmorgens am 24. Oktober 1941, einem grauverhangenen Herbsttag, brechen wir zum Angriff auf, ohne Hektik, ohne Artillerieunterstützung und trotzdem voller Zuversicht. Aus den vorgeschobenen Verteidigungsstellungen haben sich in der Nacht die Sowjets bereits zurückgezogen. Wir gehen auf Nummer sicher und durchsuchen Haus um Haus. Ganz unerwartet eröffnen plötzlich Dachschützen das Feuer auf uns. Durch die begleitenden Sturmgeschütze werden sie schnell außer Gefecht gesetzt. Von nun an setzen wir die Hausdurchsuchungen doppelt vorsichtig im Schutz der Sturmgeschütze fort. Das Vordringen Richtung Stadtkern vollzieht sich langsamer, aber dafür gründlicher, mit zeitweise längerem Verharren auf der erreichten Position. Bevor wir auf eine der Hauptmagistralen stoßen, durchstöbern wir eine verlassene Margarinefabrik; ein jeder deckt sich mit genügend Margarine ein, denn mit dem Verpflegungsnachschub sieht es arg schlecht aus.

An der Magistrale scheint die Schlacht bereits geschlagen; ausgebrannte sowjetische Panzer, zahlreiche schwer beschädigte Lastwagen und leichte Geschütze säumen die Straße. Der Vorstoß unserer Panzereinheiten ins Herz der Stadt konnte von den hier eingesetzten mächtigen KW2, den 52-Tonnen-Panzern mit einer 15,2-cm-Kanone, nicht aufgehalten werden. Wir marschieren bis zum Roten Platz mit seinen modernen Prunkbauten, in dessen Nähe uns Räumlichkeiten eines Gasthofes als Quartier zugewiesen werden. Zugleich haben wir dortselbst 40 gefangene Russen zu bewachen. Dicht an dicht sitzen sie in einem düsteren Raum, vielleicht ein Tanzraum; die Angst steht ihnen ins Gesicht geschrieben, wohl in Erinnerung an die letzten Stunden und angesichts dessen, was ihnen noch bevorstehen könnte. In der Ecke steht ein noch intaktes Klavier; ich spiele darauf »Lili Marleen«, ein Lied, das rund um den Erdball bei allen Soldaten, ob Freund oder Feind, gleichermaßen beliebt ist. Die Augen der Gefangenen beginnen leicht zu leuchten und vereinzelt feucht zu werden, aber was sich im Herzen regt, bleibt einem verborgen. Am selben Tag müssen sie noch den Weg in ein Sammellager antreten.

Ich bin froh darüber, dass unser Regiment bei der Eroberung von Charkow so zügig vorangekommen ist und dabei wenige Verluste zu verzeichnen hatte. Die Vorfreude schlägt aber am nächsten Morgen in Angst und Sorge um. Unser Zug erhält nämlich den Auftrag, als Stoßtruppunternehmen ein Eisenbahnstellwerk zu stürmen, dortselbst sei der sowjetische Widerstand noch ungebrochen. Zur Verstärkung werden uns Flammenwerfer einer Pionierabteilung zugeteilt. Die Rollenverteilung und die einzelnen Angriffsphasen werden genauestens festgelegt. Dann pirschen wir uns unbemerkt bis etwa 100 m an das Stellwerk heran. Nach zwei Warnschüssen fordern wir über ein Megaphon die Verteidiger zur Übergabe auf. Fünf Minuten atemlose Stille. Dann werden zu aller Überraschung aus den Fenstern weiße und bunte Tücher geschwenkt und uns ungehindert Zutritt gewährt. Die nervenzerreißende Anspannung weicht einer wohltuenden Erleichterung. Die Gleisanlagen des bedeutenden Verkehrsknotens bleiben weitgehend unversehrt und nehmen bereits wenige Wochen später den Nachschub per Eisenbahn aus Deutschland auf.

In den riesigen Mietskasernen am südlichen Stadtrand beziehen wir für wenige Tage Quartier. Die zurückgebliebenen ukrainischen Einwohner sind bemüht uns aufrichtig zu unterstützen. Obwohl es ihnen an Nahrungsmitteln sehr mangelt, bieten sie uns ein Süppchen an und müssen dabei auf ihre Notreserve, das ist eingetrocknetes Brot, zurückgreifen. Wir nutzen die Zeit, um so weit wie möglich die Klamotten in Ordnung zu bringen und erstmals seit längerer Zeit etwas Hygiene zu pflegen.

Anmerkung: Die Eroberung von Charkow ist als Sondermeldung des Oberkommandos der Wehrmacht (OKW) im Rundfunk der Bevölkerung bekanntgegeben und entsprechend propagandistisch ausgewertet worden.

4.5 Der Wintereinbruch

Die Entspannungsphase nach dem mehrwöchigen kräftezehrenden Vorwärtsdrängen währt drei Tage; dann heißt es marschieren Richtung Donez, des größten Nebenflusses des Don. Unser Durchzugsgebiet gilt wohl als feindfrei, aber neben Dreck und Schlamm setzen uns nunmehr auch Schneestürme, die über die endlose Ebene peitschen, arg zu. Bei Temperaturen knapp über 0 °C geht der Schnee alsbald in Schneematsch über; jeder muss all seine Kräfte aufbieten, um im völlig aufgeweichten Boden voranzukommen. Nach etwa 60 km stehen wir bei Tschugujew am Ufer des Donez, der hier circa 100 m breit ist.

Ein buntes Bild präsentiert sich unseren Augen: Eine Fähre bringt vorwiegend leichte Geschütze und Fahrzeuge auf die andere Seite, während Infanteristen auf Schlauchbooten übergesetzt werden. Pioniere haben diesseits begonnen eine Brücke aus Baumstämmen über den Fluss zu schlagen. Meine 13. Infanterie-Pionier-Kompanie erhält den Auftrag, Gleiches vom gegenüberliegenden Ufer aus schleunigst in Angriff zu nehmen. Nach dem Übersetzen werden in einem nahen Waldstück 15–18 cm dicke Fichten gefällt und dann Stück an Stück mit Hanfstricken festgezurrt. Überraschend schnell schiebt sich unsere aus 5 m langen Fichtenstämmen zu erbauende Behelfsbrücke immer weiter über den Fluss hinweg. Ab und zu versuchen sowjetische Kampfflieger uns bei der Arbeit zu stören; sie werden aber schnell durch gezieltes Flak- und Gewehrfeuer zur Umkehr gezwungen und auch in einem Fall zum Absturz gebracht. Nach dem Ankoppeln an das andere Brückenteil dauert es nur kurze Zeit, bis die ersten Kolonnen über die Behelfsbrücke marschieren. Obwohl sie auch für Fahrzeuge geeignet ist, sinkt sie bei schweren Lasten manchmal bedenklich ab; Panzer jedenfalls müssen weiterhin mit der Fähre auf die andere Seite gebracht werden. Bei mir stellen sich starke Bedenken zum weiteren Vormarsch ein, denn jede Flussüberquerung, jeder Schritt weiter nach Osten ist ein Schritt über die Schwelle der russischen Unendlichkeit.

Nachdem unsere Division die Brücke überschritten hat, gelingt es ihr nicht mehr, in Feindberührung zu kommen; weit vorstoßende Spähtrupps operieren im Niemandsland. Was ist los? Die Gerüchteküche ist zweigeteilt: Die einen sagen, den Sowjets sei die Luft ausgegangen, der Ostfeldzug sei bald zu Ende; die anderen sagen, die Sowjets wollten uns weiter nach Osten locken, und dann ergehe es uns wie einst Napoleon. Nach Kriegsende habe ich erfahren, dass die oberste Heeresleitung aufgrund des frühen Wintereinbruchs und als Folge von erfolgreichen sowjetischen Gegenschlägen angeordnet hatte, in Verteidigungsstellung überzugehen.

Gegen Mitte November verbreitet sich eine gedämpfte, aber zufriedene Aufbruchsstimmung. Anlass dazu ist der Abmarsch eines Vorkommandos zur Quartiersuche in der frontnahen Region, wo wir den Winter über bleiben sollen. Inzwischen hat der Winter bereits mit voller Stärke eingesetzt. Anstatt mit Schlamm und Schneematsch haben wir es nunmehr mit hart gefrorenen holprigen Wegen und deren vereisten, spiegelglatten Spurrillen zu tun. Gegen all diese Widrigkeiten ohne Winterausrüstung anzugehen, verlangt doppelte Anstrengung. Übermüdet erreichen wir unsere vorgegebenen Tagesziele, aber immer in der wohligen Hoffnung, in Bälde im ersehnten Winterquartier einzutreffen. Eine Woche vergeht, zwei Wochen vergehen, die Stimmung schlägt um in Hoffnungslosigkeit und Niedergeschlagenheit; wir fühlen uns wiederum verschaukelt.

Schließlich sickert die Nachricht durch, dass die Großstadt Rostow am Don, das Tor zum Kaukasus, von den Russen zurückerobert wurde und die dort eingesetzte SS-Division Leibstandarte Adolf Hitler sich an den Fluss Mius zurückgezogen hat, wo sie auf unsere Ablösung wartet. In dieser trostlosen Lage gibt es für uns kein Zurück. Trotz grimmiger Kälte, Eis und

Schnee quält sich unsere Jägerdivision täglich Stück um Stück weiter nach Süden. Die Wegstrecke beträgt etwa 350 km und führt am Westrand des Donez-Beckens, des größten Kohlenreviers Europas, vorbei.

Die Ausfälle durch Erfrierungen mehren sich. Während die zähen genügsamen Panjepferde tapfer durchstehen, sind die schwerfälligen Gäule der Artillerie den Strapazen nicht gewachsen; zudem verursachen die eisigen Temperaturen auf den holprigen Wegen wiederholt den Bruch von Wagenachsen. Ich selbst versuche bestmöglich der weißen Hölle zu widerstehen, indem ich mir eine Wollsocke über den Kopf ziehe und Nase, Ohren, Finger immer wieder kräftig reibe sowie meine Füße, wenn irgend möglich, in Bewegung halte.

Wollsocken als Kopfschutz

In den Nachtquartieren stehen jeweils zwei Dinge obenan, und zwar zum einen für gutes Feuer zu sorgen und vollauf die Wärme zu genießen und zum anderen in Kleidungsstücken nach Läusen zu suchen. Diese Plagegeister haben sich fast bei jedem Landser eingenistet. Da eine vollständige Entlausung während des Fronteinsatzes unmöglich erscheint, beschränke ich mich darauf, diese blutsaugenden Schmarotzer auf ihren Lieblingsplätzen aufzuspüren. Es handelt sich dabei um Kleiderläuse. Kopfläuse treten bei uns Landsern höchst selten auf, hingegen haben sich einzelne Filzläuse, genannt Sackratten, bei mir zusätzlich zwischen den Beinen sesshaft gemacht.

Damals entstand »Des Landsers Klagelied im Osten«, aus dem ich nachstehend vier Strophen zitiere:

1. *Wo des Dnjepr Wellen schlagen an den Strand,*
   fern der deutschen Heimat im Ukrainer Land,
   wo vor Dreck und Schlamm man keinen Weg mehr sieht,
   da ist unsere Heimat: Sowjetparadies.

   Refrain: Und die Landser beten überall zugleich:
   »Herr im Himmel, schick uns heim ins Reich!«

2. *Wo man Häuser baut aus Lehm und Dreck,*
   wo man bis zum Knie in schwarzer Erde steckt,
   wo aus jeder Bude kriechen Wanzen raus,
   ist des Landsers Heimat und Zuhaus.

   Refrain: Und ...

3. *Wo die Brunnen selten sind und das Wasser knapp,*
   wo man nichts zu trinken und zu rauchen hat,
   wo die Flöhe hüpfen von Mann zu Mann
   und die Läuse man bald nicht mehr zählen kann.

   Refrain: Und ...

4. *Wo die Sonderführer fahren durch die Welt*
   auf den Panzerwegen, solang' der Tag anhält,
   über Feldwegstraßen, über Stock und Stein,
   gibt's für unsere Kehlen weder Bier noch Wein.

   Refrain: Und ...

Auch wenn die dichterische Qualität recht mangelhaft ist, so kann der Text doch wohl als Stimmungsbarometer angesehen werden. Im Refrain kommt zum Ausdruck, dass der christliche Glaube unter uns Landsern und – wie ich damals feststellen konnte – auch bei unserer damaligen Bevölkerung noch fest verankert war, jedenfalls stärker als heutzutage, obwohl damals in der Politik, in den Medien und im Alltag das nationalsozialistische Gedankengut absoluten Vorrang hatte.

Die vierte Strophe spricht die Sonderführer an, also jene Leute, die mit äußerster Strenge bei Vergehen zur Minderung der Wehrkraft bei der Truppe vorgingen. Aus dem Text ist unterschwellig abzuleiten, dass sie den Landsern auch deswegen ein Dorn im Auge waren, weil sie überall zugegen sein konnten und vielerlei Privilegien auch in Bezug auf Verpflegung und Unterkunft besaßen.

In der Nähe von Stalino (600.000 Einwohner) erhalte ich um die Weihnachtszeit seit dem Abschied von zu Hause die erste Post. Es handelt sich um ein Päckchen mit einem 500 g schweren Formkuchen von meinem Großvater im Soonwald. Er hat regelmäßig jede vierte Woche an jeden an der Front kämpfenden Enkel einen liebevoll zubereiteten kleinen Kuchen verschickt. Endlich einmal eine freudige Nachricht, die die arg gedrückte Stimmung aufhellt. Die elf Kameraden freuen sich ebenso, denn auch ihnen hat ein Kuchen noch nie so köstlich geschmeckt wie an diesem Abend, ein wenig vorweihnachtliche Glückseligkeit.

Erst gegen Ende Dezember endet der unter härtesten Bedingungen durchgeführte Marsch bei dem Städtchen Uspenskaja am Mius, knapp 60 km vom Asowschen Meer entfernt. Noch gezeichnet von den fast übermenschlichen Anstrengungen rücken wir sogleich in die von den Kameraden der Waffen-SS angelegte Verteidigungsstellung ein.

4.6 Kampfbereit am Mius

Zunächst bemühe ich mich im neuen Frontabschnitt, in der neuen Kriegsheimat, alle interessanten Details wahrzunehmen.

In einer verlassenen Streusiedlung mit ansprechender Wohnkultur beziehen wir Quartier; hier wohnten nämlich deutschstämmige Bauern, die auf Befehl Stalins nach Kasachstan in Zentralasien zwangsumgesiedelt wurden. Das Gelände fällt zum Mius hin leicht ab. Er ist so breit wie die Saar und schlängelt sich in 300 m Entfernung durch die Ebene. Nochmals 400 m weiter sieht man eine Hügellandschaft, in der die Sowjets sich verschanzt haben. Je 100 m links und rechts von uns haben die beiden Gruppen unseres Zuges ihr Bereitschaftsquartier bezogen.

Zwischen unserem neuen Quartier und dem Fluss Mius haben unsere Vorgänger bereits ein Schützenloch von 1,40 m Länge und 1,10 m Tiefe ausgehoben, das dauernd im achtstündigen Turnus besetzt bleiben muss. Auf Nachtwache fühle ich mich besonders einsam und verlassen. Zwei Stunden verbringe ich dann im Halbschlaf in diesem Verlies und anschließend zwei weitere Stunden als Horchposten im Umfeld bis hin zum Mius. Die achtstündige Heimstätte von meinen Kameraden und mir ist äußerst primitiv gestaltet und besitzt lediglich drei Bodenbretter und ein rostbraunes Abdeckblech. Zunächst entfache ich ein Feuerchen, denn ohne einen noch so kleinen Wärmespender wäre ein Landser in der klirrenden Kälte verloren. Auch eine Maus hat hier Zuflucht gefunden und hat sich mit mir engstens angefreundet durch einen Biss in den kleinen Finger, dessen Narbe jahrelang sichtbar bleibt. Ich döse dahin in Gedanken an unser Soldatenschicksal, nämlich marschieren, leiden und kämpfen, und versuche mir zugleich ein kleines Stückchen Hoffnung einzureden. Ich beginne gerade einzuschlafen, als mein Kamerad mich zur Ablösung vollends wachrüttelt.

Mit Leuchtpistole und Handgranate zusätzlich ausgerüstet schleiche ich mich von dannen in die eisige Nacht. Bei jedem Schritt begleitet mich ein eintöniges Knirschen des gefrorenen Schnees, ansonsten absolute Stille, in die ab und zu ferner Geschützdonner eindringt. Dann verharre ich am Ufer des Mius und erinnere mich an das so wehmütige Wolgalied, von welchem ich die erste Strophe zitiere.

Es steht ein Soldat am Wolgastrand,
er wachet für sein Vaterland,
in dunkler Nacht allein und fern,
es leuchtet ihm kein Mond, kein Stern.
Regungslos die Steppe schweigt,
eine Träne ihm ins Auge steigt,
und er fühlt, wie's im Herzen frisst und nagt,
wenn ein Mensch verlassen ist, und er klagt und er fragt:

Überraschend stelle ich fest, dass der Text gleichwohl weitgehend ein Abbild der Gedanken und Gefühle eines einsamen Horchpostens am Mius wiedergibt. Die Passage »er wachet für sein Vaterland« ist für mich jedoch nicht nachvollziehbar. Für wen stehe ich hier Wache? Die weitaus meisten Landser sehen hierin keinen vaterländischen Hintergrund, sondern eine notwendige Sicherungsaufgabe zum Schutze ihrer Kameraden. Während ich in langsamer Schrittfolge behutsam weitergehe, erkenne ich in Richtung eines schwachen Geräuschpegels auf der Eisfläche des Mius die Konturen eines sowjetischen Spähtrupps, der aber alsbald das andere Ufer erreicht. Mit einer Leuchtpatrone beleuchte ich sogleich das Gelände, eine Warnung für Freund und Feind, aber nirgendwo eine Bewegung. Das Abschießen einer Leuchtpatrone mit rotem Leuchtsatz halte ich für unangebracht, denn dies würde Alarm auslösen und der feindliche Spähtrupp befindet sich ja sowieso auf dem Rückweg. Im Morgengrauen erscheint die Tageswache; sie verbleibt bis zum späten Nachmittag in dem primitiven Erdloch, denn das Gelände ringsum liegt bei Tage im Blickfeld der Sowjets.

Mit der Verpflegung hapert es ganz und gar, was mich nicht wundert bei den enormen Nachschubschwierigkeiten aufgrund des alle Vorstellungen übertreffenden Wintereinbruchs. Die Gulaschkanone ist wohl bemüht, aus aufgestöberten Vorräten eine schmackhafte Suppe zu kochen, aber es reicht hinten und vorne nicht. Wir halten in unserem Bauernhaus Umschau zur Selbstversorgung; eine Pfaff-Nähmaschine, Gerätschaften und verblichene Fotos erinnern noch an die deutschstämmigen Besitzer. Schließlich entdecken wir in einer hölzernen Truhe stattliche Mehlreste. Nach Herauslese der fressgierigen Mehlwürmer, die sich bereits eingenistet haben, beginnt Anton, von Haus aus Bäckergeselle, für unsere hungrigen Mägen aus Mehl und Wasser ein Knödelgericht zu zaubern. Eine willkommene Ergänzung des spärlichen Speiseplans bilden superzähe Pferdelendchen; sie stammen von einem umherstreunenden, vollends abgemagerten Pferd, das wir ohne große Mühe eingefangen haben.

Silvesterabend ist angebrochen, eine besinnliche Zeit mit Heimwehgedanken, vor allem, weil immer noch keine Nachricht von den Lieben zu Hause eingegangen ist. Unser Feldwebel taucht urplötzlich auf, kommt auf mich zu und erklärt mir, dass unsere Gruppe in der kommenden Nacht auf Spähtrupp geht, und da ich KOB (Kriegs-Offiziers-Bewerber) sei, solle ich zuvor der Artillerie-Batterie in der Nachbarschaft den Befehl überbringen, um 12 Uhr Mitternacht mit ihren Geschützen ein Silvesterfeuerwerk zu beginnen, sozusagen als Ablenkung zum Spähtruppunternehmen. Meine vagen Hoffnungen, als KOB unentdeckt zu bleiben, erwiesen sich somit als trügerisch. Ohne besondere Probleme führe ich den Auftrag aus, obwohl es etwas Mut und Ausdauer abverlangt und die Orientierung im unwegsamen Gelände bei Dunkelheit und grimmiger Kälte recht schwierig ist.

Eine halbe Stunde vor Mitternacht brechen wir in Richtung feindliche Linien auf, wortlos, in leicht gedrückter Stimmung, aber ohne Bangen und Ängste, und zwar so, als handele es sich um eine Routinesache. Nach der Losung:»Möglichst langsam vorangehen und keine Geräusche verursachen, ab und zu auf der Stelle verharren, scharf beobachten und horchen«, gelangen wir zum Mius, überqueren ihn und schieben uns näher an die feindlichen Stellungen heran. Punkt 24:00 Uhr setzt das angesagte Silvesterfeuerwerk unserer Artillerie ein. Doppelt vorsichtig tasten wir uns weiter vor. Nirgendwo ein Anzeichen, das den Feind vermuten lässt. Sind wir noch unbeobachtet oder locken uns vielleicht die Sowjets in eine Falle? Unser Spähtruppführer will die nicht kalkulierbare Gefahr vermeiden und entschließt sich zum Rückzug. Nach zwei Stunden ist unser Silvesterausflug beendet, ein guter Anfang für das Jahr 1942, ein Jahr mit vielen Fragezeichen.

Der Alltag an der Front läuft drei Wochen lang nach gleichem Schema ab: Tagsüber entweder vorgeschobene Stellung beziehen oder Klamotten in Ordnung bringen oder für Brennholz und Verpflegung sorgen oder einfach dahindösen. Gelegentliche Feuerüberfälle bringen etwas Abwechslung; sie sind als Ausdruck der Kampfbereitschaft zu verstehen. Die geistige Betätigung beschränkt sich auf die Kommunikation zwischen uns zehn Landsern. Ich kann die zunehmende geistige Verarmung nur schwer ertragen, vor allem auch, weil man überhaupt nichts erfährt über das Geschehen an der Front und über wichtige Dinge aus aller Welt. Ebenso bleiben wir Landser in völliger Unkenntnis darüber, was im Hinterland passiert; ich denke hierbei auch an Verbrechen jeglicher Art, die einerseits von Sondereinheiten und andererseits von Partisanen begangen werden. Inwieweit die einzelnen Kommandostellen bis hinunter zur Kompanie mit Nachrichten gefüttert werden, entzieht sich meiner Kenntnis. Am 23. Januar schließlich überrascht uns der Befehl, dass wir am nächsten Morgen in aller Frühe unsere Stellungen verlassen und mit ganzem Tross zum Bahnhof Uspenskaja aufbrechen; aus der Gerüchteküche folgt wenig später die Nachricht: »Wir werden abgelöst, wir fahren heimwärts.« Beseelt von diesem Hoffnungsschimmer stapfen wir durch gnadenloses Schneegestöber zum 8 km entfernten Bahnhof, wo wir uns in den bereitstehenden

Güterwagen zunächst entspannen und dann auf die »große Fahrt« vorbereiten.

4.7 Die Kosaken greifen an

Binnen weniger Tage hatten Eisenbahnpioniere die Bahnstrecke bis Uspenskaja von Breitspur auf Normalspur umgenagelt und fahrbereit hergerichtet. Ebenso überraschend schnell erfolgen die Verladung von sämtlichem Kriegsgerät und die Abfahrt Richtung Nordwesten. Die »große Fahrt« in die Heimat währt aber nicht lange. Bereits nach vier Stunden, also nach etwa 180 km, heißt es: »Aussteigen, Gewehr frei, ausschwärmen und vorgehen!« Der eisige Ostwind in der frostklirrenden Landschaft setzt uns dabei arg zu. Völlig ahnungslos, da ohne Vorankündigung, bin ich zunächst wohl leicht schockiert, erkenne aber sogleich, dass Gefahr im Verzug sein muss und schnelles Handeln geboten ist. Nach einer Weile tauchen in Decken gehüllt und mit gesenktem Kopf dahinschleichende Landser auf – ohne Gewehr und führungslos –, anfangs vereinzelt und dann vermehrt. Ihre Gesichter verraten ihr Leid und Entsetzen. Später erfahre ich, dass die Russen etwa 100 km südlich von Charkow die Front durchbrochen haben und sich auf dem Vormarsch befinden. Beim Anblick der zurückflutenden Soldaten denke ich für mich: »O weh, beginnen die Russen mit dem ›General Winter‹ ihre gemeinsame Stärke auszuspielen, ähnlich wie bei Napoleon? Eine düstere Vorahnung für die Tragödie der nächsten Jahre.«

Im weiteren Vorgehen stoßen wir überraschend auf blassrot gefärbte Flugblätter. In ihnen wird der deutsche Landser aufgefordert, den bereits verlorenen Kampf aufzugeben und zur Roten Armee überzulaufen mit Zusicherung einer anständigen Behandlung. Und tatsächlich, noch am frühen Abend sind zwei Landser unserer Kompanie den Verlockungen erlegen, haben ihre

Kameraden im Stich gelassen und sind zu den Sowjets desertiert. Für uns fast unfassbar, dass gerade in diesem Zeitpunkt der Not und Gefahr niedere, verwerfliche Motive diesen Schritt veranlasst haben. Ebenso unverständlich ist heutzutage den meisten Mitbürgern, dass Leute in Rang und Würde die Deserteure des 2. Weltkrieges auf eine Ebene mit Widerstandskämpfern und Opfern des Nationalsozialismus stellen wollen, um ihnen damit gleichfalls einen Ehrenplatz in der deutschen Geschichte einzuräumen. Am späten Nachmittag besetzen wir den noch feindfreien Ort Stepanovka. In den Häusern am östlichen Ortsrand beziehen wir die Verteidigungsstellung, und zwar jede Gruppe in einem Haus bei etwa 80 bis 100 m Abstand. Wir beginnen sogleich Gewehre und MG gefechtsbereit herzurichten, d. h. mit Hilfe von Schwefelblüte die aufgrund der Kälte festsitzenden oder schwer gangbaren Verschlüsse wieder flottzumachen. Die langsam steigende Temperatur in unserer düsteren Behausung wirkt wie ein Lebenselixier auf Körper und Geist. Gleichzeitig aber verspüre ich in den Zehen beider Füße ein starkes Kribbeln, das schnell in Schmerzen übergeht, die insbesondere bei jeder Fußbewegung fast unerträglich werden. Zweifelsfrei handelt es sich um Erfrierungen, zurückzuführen auf die sibirische Kälte von −35 °C bis −40 °C sowie auf die nagelbeschlagenen Knobelbecher, die von Anfang an schmerzhafte Druckstellen verursachten.

Unsere Gruppe erhält inmitten der Eingewöhnungsphase den Befehl, noch vor Einbruch der Dunkelheit den Verlauf der russischen Stellungen zu erkunden. Da wegen meiner Erfrierungen und zwei fieberkranker Kameraden nur noch acht einsatzfähige Männer zur Verfügung stehen, entschließt sich mein Unteroffizier eine Rückgängigmachung zu erwirken. So erhält denn die 3. Gruppe mit meinem Freund D. aus Saarbrücken den Spähtruppauftrag. Das Unternehmen endet tragisch ohnegleichen. Bestens getarnt durch zwei Kornkasten, bleibt ein russischer Panzer unentdeckt. Bei kurzer Distanz zum Spähtrupp bricht er aus seinem Versteck und zermalmt unsere Kameraden. Bin ich mitschuldig an ihrem Tode, weil sie wegen meiner Erfrierungen zu diesem gefährlichen Unternehmen beordert wurden? Diese Frage quält mich immer wieder, aber ich tröste mich damit, dass es eine Fügung Gottes und Verkettung von Widrigkeiten war. Vater und Mutter von D. habe ich nie in Saarbrücken aufgesucht. Ich schämte mich ihnen zu sagen, dass ihr geliebter Sohn anstelle von mir sein Leben lassen musste.

Spätabends bin ich für eine Stunde als Horchposten eingeteilt. Ich beiße die Zähne zusammen und begebe mich mit schmerz-verzerrtem Gesicht in das zugewiesene Terrain. In der sternklaren frostigen Nacht erkenne ich, dass das Gelände in Richtung Feind etwa 150–200 m weit leicht ansteigt. Die Konturen des Hinter-lands bleiben einem aber ganz verschlossen. So stehe ich denn vor-nehmlich hier, um zu horchen, und nach einer Weile vernehme ich tatsächlich vom Ostwind hergetragene Stimmen. Unter äußerster Anspannung versuche ich die Herkunft zu orten und zu erklären. Zweifelsfrei handelt es sich um sowjetische Angriffsvorbereitungen im Bereitstellungsraum, zumal auch Pferdegewieher schwach zu hören ist. Zum Glück werde ich alsbald abgelöst und kann so rasch und rechtzeitig Bericht erstatten, worauf Vorwarnung auf einen bevorstehenden sowjetischen Angriff erfolgt.

Im kleinen Hof unserer Hütte wachen ständig zwei Kamera-den mit Gewehr und MG im Anschlag, während wir anderen uns möglichst dicht am wärmenden Ofen niederlassen und dabei in Halbschlaf versinken. Die unheimliche Stille wird schlagartig von Gewehrfeuer und Granateinschlägen abgelöst. Wir stürzen blitzschnell hinaus, ein jeder auf den ihm im Voraus angewie-senen Verteidigungsplatz. In der durch Leuchtraketen taghellen Nacht galoppiert eine Schwadron Kosaken mit gezogenem Säbel auf uns zu, begleitet von grässlichen »Hurrä-Rufen«. Der Angriff wird von gezieltem Gewehrfeuer und MG-Salven, die über das Schneefeld peitschen, unterstützt. Wir schießen wie verzweifelt auf die leicht zu erkennenden Angreifer, und zugleich geraten Pferd und Reiter in das Kreuzfeuer unserer beiden Nachbarn von links und rechts. Der Angriff bricht zusammen. Anstelle von »Hurrä-Rufen« schallen nun Hilferufe der verwundeten Kosaken durch die frostklirrende Nacht, welche aber rasch verstummen. Unseren Bäckergesellen Anton hat es aber gleichfalls arg erwischt. Zu zweit schleppen wir Anton behutsam in unser primitives, aber warmes Zuhause. Er zeigt mir seinen Bauchschuss und fragt mich: »Hugo, ist der Schuss schlimm?« Mit Wissen, dass diese Verwundung bei uns Landsern sehr gefürchtet ist, antworte ich: »Anton, bleib ruhig liegen, es wird wieder gut werden!« Mit allem greifbaren Verbandszeug versuchen wir, das aus der Nierengegend quellende Blut einzudämmen. Dann bittet er mich unter Tränen, ich solle mit ihm beten, obwohl ihm Beten bislang fremd war. Nach seinen letzten Worten »Hugo, geh zu meiner Mutter, erzähl ihr alles und tröste sie!« schläft er für immer ein. Wir haben wiederum einen guten Kameraden verloren. Wortlos verharren wir in eigenen Gedanken über unser Soldatenschicksal und warten mit Sehnsucht auf die in Bälde aufziehende Morgenröte.

Ich stehe auf Posten und schaue in der grellen Morgensonne über das blutgetränkte Schneefeld. Nur 60 bis 80 m vor unserer Hütte bedecken über zwei Dutzend zu Frost erstarrte Pferdeleiber und Kosaken das Kampfgelände. Wohl keiner der Angreifer konnte dem Inferno entkommen. Dann taucht urplötzlich ein Reiter auf und nähert sich mir ganz unbeirrt in gemächlichem Schritt. Ich kann zunächst nicht erkennen, ob Freund oder Feind. Er hat sein Gewehr geschultert und entpuppt sich schließlich als Kosake. Mit dem Gewehr im Anschlag empfange ich dann Ross und Reiter; ahnungslos, verdutzt und schockiert zugleich sieht er sich nun als Gefangenen. So endet sein Patrouillenritt in diesen angeblich in der letzten Nacht von seiner Schwadron eroberten Ort. Er besitzt im Gegensatz zu uns ideale Winterkleidung mit wärmender Wattejacke, mit Pelz-kappe und Filzstiefeln. Sein Säbel begleitet mich mehrere Wochen als Souvenir, ein bei ihm gefundenes Notizbuch eines Landsers aus Berlin verwahre ich bis heute bei meinen Memoiren; das wertvollste Beutestück ist aber ein ansehnliches Stück Schweinespeck, das ich, gut durchwalkt, unter dem Sattel entdecke.

4.8 Die unerwartete Rückkehr in die Heimat

Angesichts der stark schmerzenden Erfrierungen entschließe ich mich, den Bataillonsarzt aufzusuchen. Meinen Gefangenen nehme ich zum Bataillonsgefechtsstand mit, wo er einem längeren Verhör unterzogen wird. Auf dem Krankenrevier untersucht der Arzt sogleich meine Füße und stellt Erfrierungen 2. und 3. Grades an zwei großen Zehen jedes Fußes fest, d. h. sie sind bereits ein Stück blauschwarz gefärbt. Er überweist mich zum Hauptverbandsplatz und am selben Nachmittag erfolgt bereits die Schlittenfahrt dorthin. Beim Abschied von meinen Kameraden bin ich fester Zuversicht, dass ich in spätestens einer Woche wieder bei ihnen bin. Von

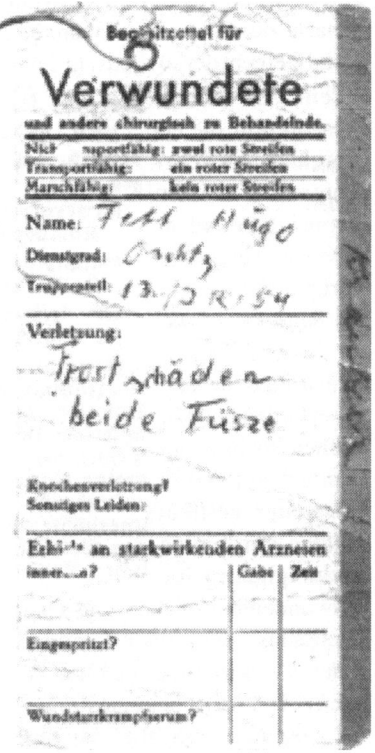

Mein Verwundeten-Begleitzettel

nun an hängt an meinem Mantel der gut erkennbare Begleitzettel für Verwundete mit einem roten Streifen am rechten Rand, d. h. transportfähig.

Unser Einspänner-Schlitten ist voll beladen mit sechs Personen, Kutscher, Begleiter, zwei Landsern mit Erfrierungen und zwei Landsern mit Einschüssen an Bein und Schulter. Bei Anbruch der Dunkelheit erreichen wir eine abseits gelegene einsame Streusiedlung, wo wir in einer primitiven Unterkunft nächtigen; die mitgegebenen Wolldecken sind eine willkommene Bereicherung unserer Schlafstellen. Ein jeder ist in Gedanken mit sich selbst beschäftigt und jedem stehen die herzzerreißenden Geschehnisse der letzten 24 Stunden ins Gesicht geschrieben. Frühmorgens brechen wir auf und erfahren dabei, dass der obere Teil der Siedlung von Russen besetzt ist und weder Freund noch Feind des anderen Gegenwart bemerkte, beispielhaft für den völlig zerfahrenen Frontverlauf. Unsere Schlittenfahrt zum Hauptverbandsplatz Dopropolje währt noch einige Stunden. In der meist flachen, mit Bodenwellen durchsetzten Schneelandschaft erhalten wir ganz überraschend von der rechten Seite Granatenbeschuss. Während wir uns so weit wie möglich niederkauern, peitschen Panzergeschosse über unsere Köpfe hinweg, unser Einspänner bleibt aber unbeirrt in seiner Spur. Am Nachmittag endet endlich die abenteuerliche Schlittenfahrt.

Eine Halle der Kolchose Dopropolje dient nunmehr als Hauptverbandsplatz; die Maschinen und Geräte sind ausgeräumt worden und der Boden ist mit einer dicken Lage Stroh bedeckt, auf dem etwa 150 Verwundete notdürftig versorgt werden. Der Anblick ist erschütternd, die einen scheinen im Koma zu liegen, die anderen starren mit schmerzverzerrten Gesichtern ins Leere und Einzelne weinen bitterlich. Bei den Leichtverwundeten merkt man die Erleichterung, vorerst der Hölle entronnen zu sein. Trotz der weit unzureichenden klinischen Ausrüstung werden bei Lebensbedrohung auch Notoperationen, insbesondere Amputationen, an Ort und Stelle vorgenommen. Mich selbst behandelt man mit Salben und ich erhalte einen überaus dicken Mullverband.

Am nächsten Tag treffen Verwundete eines Ski-Bataillons ein, alle noch gut getarnt durch weiße Umhänge. Dem Vernehmen nach soll bei ihrem größeren Gefecht der sowjetische Durchbruch nun gänzlich zusammengebrochen sein. Als äußeres Dankeschön für die erfolgreichen Abwehrgefechte wurde meinem Divisionskommandeur und zwei weiteren Angehörigen der Division das Ritterkreuz verliehen. Es versteht sich von selbst, dass die Vergabe von Orden und Ehrenzeichen bis hinunter zum einfachen Landser immer weiter gestreut wird, und so wurde auch ich nachträglich mit EK II, Verwundetenabzeichen und Ostmedaille bedacht, entstanden aus dem Soldatenalltag, dem jeder Landser ganz und gar ergeben ist, und ohne besonderes Zutun. Eine reichlich dekorierte Uniform genoss neben weiteren äußeren Erscheinungsformen in weiten Teilen der Bevölkerung stets großes Ansehen, ohne dass aber das Innenleben mit den echten menschlichen Werten bekannt war.

Ritterkreuz für meinen Kommandeur

Neue Ritterkreuzträger des Heeres
DNB. Berlin, 3. März.
Der Führer verlieh das Ritterkreuz des Eisernen Kreuzes an:
Generalmajor Werner Sanne, Kommandeur einer leichten Division
Hauptmann Ewald Mertens, Kompagniechef in einem Infanterieregiment
Oberfeldwebel Wilhelm Reinhardt, Zugführer in einem Infanterieregiment
Generalmajor Werner Sanne warf am 26. Januar und an den folgenden Tagen die Sowjets, die mit starken Kräften gegen eine wichtige Bahnlinie vorgingen, zurück. Dieser Erfolg war nur dadurch möglich, daß Generalmajor Sonne – stets selbst in vorderster Linie erkundend – durch sein Vorbild seine durch unerhörte Beanspruchung stark

mitgenommenen Soldaten immer wieder zu übermenschlichen Leistungen mitriß.

Ein Hauptverbandsplatz ist mehr oder weniger Durchgangsstation. Nach der ärztlichen Grundversorgung und Beobachtung des Krankheitsbildes werden die transportfähigen Verwundeten und Kranken zumeist weitergeleitet, und zwar für meine Division in das Feldlazarett 100 Grichino. Die Fahrt dorthin erfolgt mit Lastwagen über eine Wegstrecke von immerhin 70 km, aber ohne besondere Probleme. Dieses Feldlazarett besitzt schon einen verbesserten Standard: Ich schlafe seit langer Zeit wieder auf einem Feldbett, man kann wieder mehr Hygiene betreiben, soweit meine arge Behinderung dies ermöglicht, die Verpflegung ist schmackhafter und geregelter und die Ärzte sind in der Lage, sich jedem einzelnen Fall gründlicher zu widmen. Meine Vermutung, alsbald wieder bei meinen Kameraden an der Front zu sein, erhält einen großen Dämpfer; mein Arzt erklärt mir nämlich, dass der Heilungsprozess sich noch etliche Wochen hinziehen wird. Im Bereich der Blasen wird allmählich eine neue Haut nachwachsen, hingegen wird im Bereich der blauschwarzen Färbung das betreffende Glied sich im Laufe der Zeit als offene Wunde auf einem gesunden Untergrund zurückbilden. Die einwöchige Verbleibzeit im Feldlazarett 100 Grichino ist in Bezug auf meine Schmerzen einigermaßen erträglich, aber nur in Ruhestellung und bei keiner Belastung. Plagegeister ohnegleichen sind insbesondere die Läuse, die mit jedem Landser sehr enge Freundschaft geschlossen haben. Sie fühlen sich im Mullverband recht wohl und dringen bis zur Wunde vor, wo ich ihnen leider nicht beikommen kann.

Zu meinem nächsten Feldlazarett Dnjepropetrowsk führt eine wichtige Verkehrsstraße, über die der Nachschub zur Front rollt. Quasi als Rückfracht werde ich mit zahlreichen weiteren Verwundeten und Kranken dorthin gebracht, ein Stückchen näher zur Heimat. In meinem neuen Lazarett laufen von Anfang an die

Vorbereitungen für eine abermalige Verlegung noch weiter ins Hinterland. Ab Dnjepropetrowsk erfolgt dann der Weitertransport mit der Eisenbahn. Wir müssen aber noch im Güterwagen mit Strohlager und Wolldecken vorliebnehmen; in jedem Wagen betreut uns ein Sanitäter, und ein Kanonenöfchen spendet angenehme Wärme. Während der mehrtägigen Zugfahrt wird die meiste Zeit den Läusen, den ungebetenen Gästen, gewidmet. Man hat inzwischen Erfahrungen gewonnen, wo und wie man ihnen am besten zu Leibe rücken kann. Ab und zu drehe ich mir eine Zigarette aus dem grobkörnigen Machorka, dem russischen Tabak, und einem Stückchen Zeitungspapier, das beidseitig in einer Spitze endet. Nach Überfahren der polnischen Grenze erhellen sich die Gesichter, denn zweifelsfrei wird unsere Endstation in Deutschland liegen. Ein jeder bastelt sich sein eigenes Bild über die Geschehnisse der kommenden Tage und über das Wiedersehen in der Heimat und vergisst für wenige Stunden seine Verwundungen, seine Erfrierungen, sein Leiden.

Die Mehrzahl der Landser in meiner Umgebung sind wegen Erfrierungen jeder Art auf der Rückreise. Ich suche nach den Gründen der insgesamt immens vielen Ausfälle. Schon als Junge bekam man aufgrund von Erzählungen und Berichten einen außerordentlichen Respekt vor dem unerbittlich strengen russischen Winter und davor, wie die dortigen Bewohner die Unbilden der Natur meistern. Wieso hat die oberste Wehrmachtsführung dies nicht in ihr Kalkül einbezogen? Einige Beispiele bei der Soldatenbekleidung: Wir Käppis oder leichte Feldmützen, die Sowjets Pelzmützen; wir leichte Jacken und Mäntel, die Sowjets Pelzjacken und -mäntel; wir nagelbeschlagene Knobelbecher, die Sowjets Filzstiefel; außerdem tragen wir keine Kopfschützer, keine Handschuhe mit wärmendem Innenfutter. Die in der Heimat gestartete und ganz groß angelegte Sammelaktion für Woll- und andere Wintersachen blieb praktisch ohne Erfolg; die kunterbunte Mischung erreichte überdies nur selten die Landser in der vorderen Linie.

Nicht Deutschland, sondern Krakau ist die Endstation unseres Zuges. Das dortige Kriegs-Reservelazarett hat die Aufgabe, die eintreffenden Verwundeten- und Krankentransporte auf die Lazarettstandorte in Deutschland zu verteilen. Der erste Schritt ist eine Totalreinigung von Kopf bis Fuß und Befreiung von Läusen, den ständigen Plagegeistern der Landser. Für jedermann deutlich

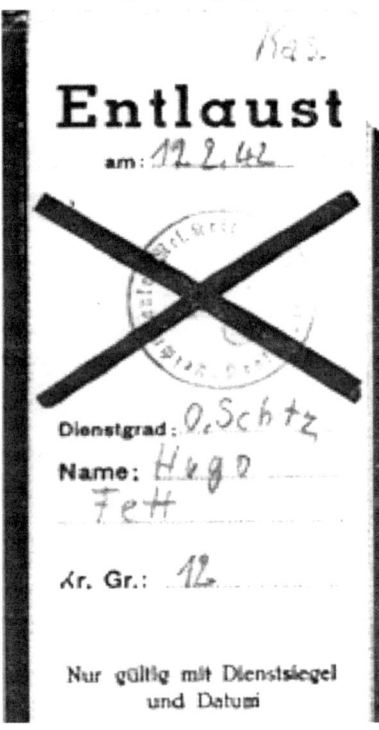

Ein wichtiges Ereignis

sichtbar hefte ich mir von nun an den zusätzlichen Begleitzettel »Entlaust« an meinen Mantel. Man fühlt sich wie neugeboren und in der allgemeinen Heimkehreuphorie beginne ich meine Utensilien aufzubereiten und in Ordnung zu bringen, soweit meine Behinderung dies zulässt. Nach wenigen Tagen nimmt uns ein aus Schnellzugwagen zusammengestellter Lazarettzug auf. Bei der Fahrt durch Deutschland ist es überraschend jedem freigestellt, einen ihm genehmen Ausstiegsbahnhof anzugeben. Ich entschließe mich für Karlsruhe, die dem Saarland nächstgelegene Stadt.

Am Nachmittag des 26. Februar 1942 fährt der Lazarettzug in den Bahnhof Karlsruhe ein. Für die zahlreichen Bahnhofsgäste ein besonders bestaunenswertes Ereignis. Bereitstehende Helfer und Schwestern des Deutschen Roten Kreuzes und der Bahnhofsmission fahren uns sogleich auf Rollstühlen durch eine schmale Gasse neugieriger Zuschauer zum nahen Badehaus. Nun beginnt abermals das Entlausungsritual, ungeachtet des Entlausungsattests, das ja bereits jedem Heimkehrer an den Mantel geheftet ist. Das nicht weit vom Bahnhof entfernte Kolpinghaus ist als Kriegslazarett hergerichtet worden und ist nunmehr mein neues Krankenlager. Hier werden wir bestens versorgt. Meine erfrorenen Zehen werden durch ein über die Füße gestülptes Drahtgeflecht vor jeglicher Druckbelastung geschützt. Die Anteilnahme aus den verschiedensten Kreisen der Bevölkerung an dem Leidensweg ihrer Soldaten ist rührend. Das ersehnte Wiedersehen mit meinen Eltern und nahen Verwandten lässt nicht lange auf sich warten. Meine Genesung macht beachtliche Fortschritte und nach fünf Wochen erfolgt meine Verlegung nach Herrenalb im Nordschwarzwald in das dortige Reserve-Lazarett (vorheriges Hotel zur Post). Inzwischen gehfähig geworden, verbringe ich in diesem gepflegten Kurort eine abwechslungsreiche und erholsame Zeit. Schließlich erfolgt am 16. Juni 1942 die Versetzung in die Genesendenkompanie meiner Heimatgarnison in Ried in Oberösterreich. Ich hätte nie für möglich gehalten, dass der Heilungsprozess einer normalen Erfrierung 2. bis 3. Grades sich etwa fünf Monate hinzieht und dabei sieben Behandlungsstationen bzw. Lazarette eingeschaltet werden. Abschließend sei erwähnt, dass von meinem Jägerregiment 54 beim Kampf um Stalingrad und zuletzt im dortigen Nord-Kessel wohl niemand überlebte.

Der in vorderster Linie kämpfende Infanterist war im Russlandfeldzug besonders stark gefährdet, denn kaum einer hatte den Feldzug von Beginn an ohne Verwundung überlebt, andererseits traf ich »Ehemalige«, die während der ganzen Zeit keinen Schuss gehört hatten. Interessant ist ein Vergleich der Gefangenenzahlen. Von den über 5,4 Millionen gefangenen Rotarmisten sind 2,53 Millionen oder 47 % verstorben oder wurden ermordet, von den 3,06 Millionen deutschen Soldaten in sowjetischer Gefangenschaft kamen etwa 1,09 Millionen oder 35 % ums Leben. Die Überlebenschance der deutschen Kriegsgefangenen lag 1941/42 nur bei 7 %, 1943 bei 35 %, 1944 bei 65 % und betrug 1945 fast 80 %. Von den in Stalingrad in Gefangenschaft geratenen 209.000 deutschen Soldaten kehrten nur 6.000 heim.

Mein in Worten abgefasster Kriegsalltag gilt in ähnlicher Weise für die weit überwiegende Mehrzahl der an der Ostfront eingesetzten deutschen Soldaten, er war geprägt vom eisernen Willen zum Überleben, von der Sehnsucht nach Heimat und Familie, von Kameradschaft und von Hilfe in Not und Bedrängnis.

4.9 Schonzeit und Partisanenbekämpfung in Kroatien

In meiner neuen Heimatgarnison Ried in Oberösterreich nahe Braunau werden genesende Soldaten im Schongang wieder auf den Fronteinsatz vorbereitet. Bereits nach einigen Tagen erfolgt – für einen Frontsoldaten ganz ungewöhnlich – der Einsatz als Erntehelfer in Königswiesen, zwischen Linz und der tschechischen Grenze gelegen. Mein Gastgeber tanzt quasi auf zwei Hochzeiten, denn er bewirtschaftet seinen ansehnlichen Bauernhof und er versorgt den kleinen Ort mit Strom. In der Tat, an einem nicht weit entfernten Wildbach steht ein Turbinenhäuschen – ein Wasserkraftwerk in Miniatur –, in dem eine Wasserturbine mit Generator lediglich den Ort Königswiesen Tag und Nacht mit Strom versorgt. Ich arbeite nur kurz als Erntehelfer, denn aufgrund meiner Kenntnisse in der Starkstromtechnik übernehme ich die Aufgabe eines Dorfelektrikers sowie die Wartung des Mini-Wasserkraftwerks. Den Krieg mit seinen Einschränkungen und Ängsten um Haus und Hof verspürt man hier kaum, und der Frieden scheint eingekehrt, hier abseits von Industriezentren und Nachschubmagistralen und fernab von der grausigen Wirklichkeit der geschlagenen Schlachten.

Nach meiner Rückkehr vom »Ernteeinsatz« ist meine Schonzeit in der Genesendenkompanie beendet, und ich warte nunmehr mit anderen »alten Hasen« mehrere Tage auf den Abruf zu einem Kriegsschauplatz.

In Russland hat die große Sommeroffensive mit Stoßrichtung Stalingrad begonnen, ein Unterfangen, das uns Frontsoldaten recht nachdenklich stimmt, zumal zusätzlich auch in Nordafrika und auf dem Balkan bitter gekämpft wird. Ganz überraschend werde ich aber nicht zur Front abkommandiert, sondern verbleibe als Ausbilder hier im Heimatland; ich vermute, dass für diese Anordnung meine Fronterfahrung mit eine Rolle spielte. Mein Soldatenalltag bekommt wiederum ein anderes Gesicht; ich habe nämlich 13 frischgebackene Rekruten zu guten Soldaten auszubilden. Ihr Zuhause ist die damalige Ostmark (heute Österreich); sechs von ihnen sind 18 Jahre alt und die übrigen zwischen 35 und 40 Jahren. Diesen fällt der Soldatenalltag besonders schwer, denn ihre Gedanken kreisen stetig um ihre Familie, um ihr Haus und ihren Hof. Ich versuche meinen Rekruten die Umstellung auf den neuen Lebensabschnitt durch zuversichtliche Worte und Geborgenheit zu erleichtern. Der Dienst verläuft genau nach Plan, wobei der ehedem so gefürchtete Exerzierdrill wenig in Erscheinung tritt. Besonderes Augenmerk lenke ich auf die Handhabung des Spatens und das richtige Verhalten im Kampfgelände.

Im Oktober 1942 verlässt kurzerhand das Bataillon mit voller Ausrüstung seinen Standort Ried und bezieht in Kroatien in der Kleinstadt Bjelovar, 70 km östlich von der Hauptstadt Zagreb, die dortigen Kasernen. Nach ein paar Wochen beginnen Kampfeinsätze gegen Partisanen in südlich gelegenen Regionen. Sie sind meist serbischer Herkunft und machen deutschen Truppen und kroatischen Verbänden durch ihre mit List und Tücke geführten Überfälle arg zu schaffen. Die Partisanen drangsalieren auch die Bewohner abgelegener kroatischer Siedlungen, hingegen sympathisieren sie mit der serbischen Minderheit. Nach wenig gelungenen Aktionen rücken wir im Februar 1943 in einen Siedlungsraum der Serben ein. Diesmal ist der Einsatz nach den gesammelten

Erfahrungen äußerst gründlich vorbereitet und ausgeweitet, damit man endlich über das Bandenunwesen Herr wird.

Unsere Kompanie ist beauftragt, in einer weitgefächerten Streusiedlung Partisanen aufzuspüren. Mehrere Gehöfte bilden in dieser größeren Siedlung jeweils eine Art Häuserblock. Das ringsum hügelige Gelände ist mit Waldstücken durchsetzt, die nahe an die Gehöfte heranreichen.

In meiner Gruppe vollziehen sich die Hausdurchsuchungen in der Regel nach folgendem Schema: Zwei Kameraden stehen außen Wache und halten Verbindungen mit den beiden anderen Gruppen des Zuges; wiederum jeweils zwei nehmen Wohn- und Schlafräume, Dachgeschoss, Keller, Stallungen und Scheune genau unter die Lupe. Währenddessen bitte ich in Begleitung eines so leidlich sprachkundigen Landsers die noch ansässigen Hausbewohner ganz eindringlich um Auskunft über Partisanenverstecke und Kontakte mit ihnen. In jedem Haus erhalten wir von jedem Mann, jeder Frau und jedem Kind stets die gleiche Antwort:»Nix Partisan, nix gesehen, weiß nix.« Die spontanen und sich ständig wiederholenden Nix-Aussagen stimmen mich etwas argwöhnisch.

Wir schicken uns gerade an im benachbarten Häuserblock die Hausdurchsuchungen fortzusetzen, als wir plötzlich von Partisanen und von vermeintlich nichts wissenden Hausbewohnern heftig unter Beschuss genommen werden. In der ersten Reaktion geht ein jeder blitzschnell zu Boden und sucht Deckung hinter einer Steinmauer oder einem nahen Graben. Zugleich scheint im ganzen Ort die Hölle los zu sein; an allen Ecken und Enden wird geschossen. Nach den ersten Schrecksekunden beginne ich meine Gedanken wieder zu ordnen. Die Landser meiner Gruppe und ich sind bei diesem Überfall, wie durch ein Wunder, noch glimpflich davongekommen, aber zwei meiner Leute sind wie vom Erdboden verschluckt und nicht aufzuspüren.

Ich entschließe mich, mich mit der Gruppe zunächst in den nahen Wald zurückzuziehen. Dem MG-Schützen und anderen steht die

Angst ins Gesicht geschrieben; sie sind noch so verwirrt, dass ich selbst den Feuerschutz übernehmen muss und dabei vornehmlich MG-Salven in die Kellerfenster setze. Von unserem Sammelpunkt im Waldstück überblicken wir den von Partisanen durchsetzten Ort, wo an manchen Stellen noch Feuergefechte stattfinden. Mit Gewehrgranaten beschießen wir von hier aus der Deckung heraus die vermuteten Gegner. Hierbei handelt es sich um handgranatenähnliche Geschosse, die aus einem auf den Gewehrlauf aufgesetzten Trichter verschossen werden. Zug um Zug wird die Verbindung zu den seitwärts operierenden Einheiten und zum Zugführer wieder hergestellt. Dann erreicht uns der Befehl, uns auf die Ausgangsposition, einen etwa 600 m entfernten Hügel, zurückzuziehen.

Der mit List und Tücke vorgetragene Partisanenüberfall hat seine Wirkung nicht verfehlt. Unsere Kompanie hat nach erster Zählung immerhin 28 Ausfälle zu beklagen, und zwar drei Tote, elf Verwundete und 14 Vermisste, von denen allerdings nach und nach wieder sieben aus ihren Verstecken heraus den Weg zu uns finden. Die beiden Kameraden aus meiner Gruppe, ein 18-jähriger stets fröhlicher Bursche aus der Steiermark und ein 35-jähriger Familienvater aus Kärnten, bleiben verschollen. Der Überfall ist den durchweg unerfahrenen Kriegsneulingen in Mark und Knochen gefahren, vor allem auch deswegen, weil uns die angesprochenen Einwohner so arglistig getäuscht haben und, wie sich später herausstellt, mit den Partisanen sympathisieren. Nach einer Weile ergeht dann der Befehl, dass – wie zu erwarten war – mit Einbruch der Dunkelheit zum Gegenschlag auszuholen ist.

Wir bereiten uns insbesondere auch innerlich auf die kommenden Stunden vor, wobei ich versuche meinen verängstigten Kameraden die Lage wenig tragisch darzustellen, denn bei geschlossenen massierten Angriffen stellen sich Partisanen höchst selten zum Kampf. In der Abenddämmerung beginnen dann unsere leichten Infanteriegeschütze mit Brandmunition Haus um Haus des von Partisanen besetzten Dorfes zu beschießen. Es dauert nicht lange und das ganze Dorf brennt lichterloh. Gespensterhaft ziehen währenddessen die Leuchtspurgeschosse ihren Weg, um das Dorf vollends vom Feind zu säubern. Spätabends rücken wir behutsam und vorsichtig in das Dorf ein, aber diesmal betreten wir nur ausgebrannte Hausruinen, in denen es noch schwelt und qualmt, kein Lebenszeichen mehr von Mensch und Tier. Männer, Frauen und Kinder haben fluchtartig ihre Häuser verlassen unter Mitnahme von Verletzten und vielleicht auch Toten.

Ich frage mich: Ist es richtig, das ganze Dorf in Schutt und Asche zu legen als Vergeltung für den heimtückischen Partisanenüberfall unter Beihilfe von Frauen und Kindern? Einerseits haben wir Tote, Verwundete und zahlreiche Vermisste mit ungewissem Schicksal zu beklagen, ohne dass das Leben der Bewohner bedroht oder ihre Häuser von uns angegriffen worden waren, andererseits haben wir mit dem Feuerwerk auf Haus und Hof ihr Lebenswerk zerstört und ihnen damit unermesslich viel Leid zugefügt. Der feige Überfall auf unsere Einheit durfte aber nicht ungesühnt bleiben; dies waren wir unseren toten und vermissten Kameraden schuldig. Ein kleines Beispiel dafür, dass es im Kleinkrieg nur Verlierer und keine Sieger geben kann.

Ergänzend sei erwähnt, dass der Partisanenkrieg von zwei rivalisierenden Gruppen geführt wird, die untereinander in scharfem Gegensatz stehen und einen erbitterten Bürgerkrieg führen, nämlich den national-serbischen »Tschetniks«, gesteuert von der Exilregierung in London, und den immer stärker werdenden kommunistischen Partisanen unter Tito. Er schaltet seine Rivalen aus und gibt seinen Partisanen den Charakter einer regulären Armee, die 1944 über 31 Divisionen mit je 2.000 bis 3.000 Mann verfügt.

Mitte März 1943 werde ich überraschend auf die Kriegs-Offiziersschule nach Zagreb abkommandiert, wo ich ausschließlich Soldaten mit Fronterfahrung antreffe. Der Dienstplan ist in Anpassung an das aktuelle Frontgeschehen verstärkt auf Verteidigung und Partisanenkämpfe ausgerichtet.

Inmitten der Ausbildungsphase eröffnet mir der Schulleiter, dass ich auf Weisung des OKH (Oberkommando des Heeres) aus dem Wehrdienst entlassen werde, um nach entsprechender Ausbildung als dringendst benötigte Aufsichtskraft im technischen Dienst im Eisenbahnnetz der besetzten Gebiete, das sich von Saloniki in Griechenland bis nach Trondheim in Norwegen erstreckt, eingesetzt zu werden. Die Überraschung bei meinen Vorgesetzten und Kameraden ist riesengroß, vor allem auch wegen der prekären Situation an den Fronten. Am 12. Mai 1943 treffe ich völlig unerwartet bei meinen Lieben in der Heimat ein und beginne einen neuen Lebensabschnitt.

5 1943/44: Mit Volldampf Lokführer in der Heimat

5.1 Bewährung als Lokheizer

Höchst erstaunt und erfreut sind im Mai 1943 meine Lieben im Saarland über meine plötzliche Heimkehr von der Front. Sogleich beginne ich bei der Deutschen Reichsbahn mit der Ausbildung zum maschinentechnischen Aufsichtsdienst in den besetzten Gebieten, und zwar zunächst für einige Zeit als Heizer auf Dampflokomotiven. Drei Erlebnisse scheinen mir erwähnenswert:

1. Im Personenzugdienst werde ich einem angeblich besonders geeigneten Lokomotivführer zugeteilt. Er ist ein Lokführer der älteren Generation mit weißem Stehkragen, Krawatte und Handschuhen und stets eifrig bestrebt, mir sein vielseitiges Wissen über das Innenleben der Dampflokomotive zu offenbaren. Mir drängt sich ein vager Vergleich mit dem ersten deutschen Lokomotivführer namens Wilson auf. Man sieht ihn auf Gemälden als Herrn im Frack und Zylinder im Jahre 1835 auf der Lokomotive »ADLER« der Ludwigsbahn Nürnberg-Fürth stehend. Entsprechend seinem Auftreten und seiner Wichtigkeit bezog er ein weit höheres Gehalt als der Leiter der Bahn.

2. Wir nähern uns mit dem Zug dem Endbahnhof Wadern mit zweistündigem Aufenthalt bis zur Rückfahrt. Ich halte das Feuer kurz und will vor dem Ortsbummel noch ein paar Schaufeln Kohle zusetzen. Mein »erfahrener« Lokführer hält mit Nachdruck diese Zugabe nicht für erforderlich. Zwanzig Minuten vor der Abfahrt des Zuges kehren wir zurück, aber – o Schreck! – von unserem Ruhefeuer ist nur noch ganz wenig Glut vorhanden. Mit Putzwolle und Petroleum entfachen wir schnellstens ein Feuer und beleben zunehmend die spärliche

Flamme mit eingeblasener Warmluft. Mit nur zehn Minuten Verspätung können wir schließlich abfahren, aber die Betätigung der Luftdruckbremse bereitet wegen mangelhafter Luftversorgung zunächst noch Schwierigkeiten.

3. Die Dampflokomotiven der Baureihe 44 für den Güterverkehr, die größten und schwersten Lokomotiven der Deutschen Reichsbahn, fordern vom Heizer vollen Einsatz und erhebliche Anstrengung. Es handelt sich um Dreizylinderlokomotiven, wobei zwei Zylinder außen und der dritte mitsamt dem Gestänge innen zwischen den Rädern angeordnet sind. Anders als beim Auto bedarf es noch mindestens 1½-stündiger Vorbereitungsarbeiten, bis sie startbereit sind. Allein etwa 120 Schmierstellen muss ich versorgen, die zum Teil wegen der innen liegenden Zylinder nur schwer zugänglich sind. Mit der Dreizylinderlokomotive fahre ich mehrmals pro Woche Kohlenzüge für das kohlearme Italien von den Saargruben über Zweibrücken nach Landau. Es bedarf vieler Mühe sowohl für die Lokomotive als auch für mich, die Züge mit jeweils 60 vollbeladenen Güterwagen über die Steilrampe des Pfälzer Waldes zu ziehen. Der Wasserverbrauch betrug im Schnitt 35 cbm und der Kohleverbrauch 4 t (80 Ztr).

5.2 Riskanter Einsatz für den jungen Lokführer

Nach bestandener Lokführerprüfung muss ich mich zuerst auf der Rangierlokomotive bewähren. Als Heizer wird mir ein Zwangsarbeiter aus der Ukraine zugeteilt. Er gehört zu jenen 12 Millionen (gemäß Nürnberger Prozess) Zwangsarbeitern aus den besetzten Gebieten, die in der Kriegswirtschaft, vor allem aber in der Rüstungsindustrie, eingesetzt werden, um den enormen Bedarf an Arbeitskräften weitgehend zu decken. Mir ist der Einsatz eines Zwangsarbeiters anfangs arg zuwider, aber er entpuppt sich als ein übereifriger Heizer. Er ist heilfroh, dass er bei mir arbeiten kann. Mit seinen Deutschkenntnissen hapert es noch sehr, aber er ist sichtlich bemüht hinzuzulernen. Ich habe nie Sorgen um ein ausreichendes Feuer in der Feuerbüchse und somit um Dampfmangel. Im Gegenteil, manchmal wird des Guten zu viel getan und Dampf über das Sicherheitsventil abgeblasen. Über jegliches Zubrot zu seiner spärlichen Verpflegung ist er von Herzen dankbar. Spätabends fahre ich einen Kohlenzug von der Grube Maybach nach Saargemünd. Das dortige Einfahrtsignal in den Güterbahnhof zeigt aber erst nach über einer Dreiviertelstunde Aufenthalt Fahrt frei; um die Mittagszeit war nämlich der Verkehrsknoten Saargemünd Ziel eines schweren amerikanischen Luftangriffs. Ich ziehe den langen Kohlenzug langsam über ein notdürftig hergerichtetes Gleis in den Bahnhof. Danach deutet mir der Fahrdienstleiter unmissverständlich an, ich müsse den Zug nach Straßburg weiterfahren, da alle Lokomotiven von Saargemünd schwer beschädigt seien. Er stützt sich dabei auf eine Anordnung der obersten Transportleitung, wonach in Katastrophenfällen, auch bei völliger Streckenunkenntnis und andersartigen Signalen, die Weiterfahrt mit Vorsichtsbefehl ohne Fahrplan zu erfolgen hat, das heißt, die Geschwindigkeit richtet sich ganz nach eigenem Ermessen je nach Sicht und den Streckenverhältnissen. Mit argem Herzklopfen starten wir in die dunkle Nacht, in eine uns unbekannte Welt. Wir fahren auf dem ungewohnten linken Gleis, so wie es seit eh und je bei den französischen Eisenbahnen üblich ist. Die Ortschaften sind total verdunkelt, aber auf den Bahnhöfen gibt uns ein abgeblendetes Lämpchen eine kleine, jedoch recht nützliche Orientierungshilfe. Im Morgengrauen erreichen wir endlich nach anstrengender Nacht den herbeigesehnten Güterbahnhof Hausbergen von Straßburg. Die dringend notwendige Ruhepause bleibt uns versagt, denn sogleich müssen wir einen Leerwagenzug nach Saarbrücken fahren. Ich tausche mit meinem total übermüdeten Heizer die Rollen und bediene das Feuer, ohne die Signalbeobachtung zu vernachlässigen. Der Arbeitstag dauert 19 Stunden, halb so lang wie die heutige wöchentliche Arbeitszeit.

An einem kalten Winterabend bringe ich die Bergleute der Mittagsschicht bis weit in den Hochwald nach Hause. Obwohl die 14 Personenwagen auf dem Abfahrtsbahnhof Saarbrücken vorgeheizt wurden, ist ihre Innentemperatur noch recht niedrig. Im anschließenden ansteigenden Streckenabschnitt kann die Lokomotive die Forderung nach Volldampf für die Zugenergie und zugleich Volldampf für die Wagenheizung nicht erfüllen. Man muss nämlich wissen, dass an kalten Tagen von der erzeugten Dampfmenge allein etwa 40 % für die Wagenheizung benötigt werden. Am Bahnhof W. wechselt der Zug die Fahrtrichtung; am Führerstand erscheinen ein paar Bergleute mit Stöcken und drohen wütend (auf Hochdeutsch): »Da ihr nicht in der Lage seid gut zu heizen, werden wir euch beiden einmal richtig einheizen!« Ich beschwichtige sie und verspreche sogleich eine mollige Wärme. Da eine Gefällestrecke mit wenig Zugenergie folgt, fällt es mir leicht, das Versprechen einzulösen. Ich habe es sehr schwer, an den total verdunkelten Bahnhöfen mit dem langen Zug an der genau richtigen Stelle zu halten. Ein gutes Stück nach Mitternacht fahren wir schließlich in den Endbahnhof Hermeskeil ein, und die letzten Bergleute verlassen den Zug. Für den Heizer und mich gibt es keine Ruhepause. Die Lokomotive ist für die Rückfahrt vorzubereiten, das heißt: Entschlacken, Wassertanks nachfüllen, Kohlenvorrat ergänzen sowie Achs- und Stangenlagern Schmieröl geben. Bald danach treffen die ersten Frühschichtler ein und setzen auf ihren Stammplätzen den Nachtschlaf fort. Gegen drei Uhr starten wir wieder in die frostige Nacht.

An einem Sonntagmorgen stehe ich mit meinem Personenzug auf der Fahrt nach Saarbrücken, das in der Nacht einen Bombenangriff erlebte, an einem »Halt« zeigenden Signal etwa in Höhe des Westwalls. Es ertönt Fliegeralarm. Die Fahrgäste, mein Heizer und ich suchen Schutz in einem nahen Bunker. Es dauert nur wenige Minuten, bis unser freistehender Zug von zwei Jagdbombern entdeckt wird; sie beginnen sogleich, gezielte Feuerstöße abzugeben. Noch vor der Entwarnung kümmere ich mich um die Lokomotive, die den Angriff überlebt, aber einige Treffer am Langkessel abbekam. Aus den Einschusslöchern spritzt wohl Wasser, aber fahrtüchtig ist sie weiterhin. Noch eine ganze Weile müssen wir warten, bis wir weiterfahren können, aber nur bis zu einem Vorbahnhof von Saarbrücken, denn der Hauptbahnhof ist wegen der entstandenen schweren Schäden gesperrt. Immerhin bleibt festzustellen, dass die Dampflokomotiven aufgrund ihrer Konstruktion und Robustheit gegenüber äußeren Einflüssen weit weniger empfindlich sind als die anderen Triebfahrzeuge.

5.3   Die Heimat zweifelt an erfolgreichem Krieg

Abschließend ein paar Worte zur Stimmung in der Heimat im Jahre 1944: Durch den mehr oder weniger starken Rückmarsch an fast allen Fronten steigert sich die bestehende Skepsis an einem erfolgreichen Kriegsende ganz erheblich, auch bei den Angehörigen der NS-Formationen. Gleichwohl verspricht die NS-Propaganda unaufhörlich, dass der bevorstehende Einsatz von Wunderwaffen die Wende des Krieges und damit den Endsieg bringen wird. Wer seine gegenteilige Meinung öffentlich kundtut, gilt als Staatsfeind und wird von der Gestapo verfolgt. Das misslungene Attentat auf Hitler wird durchweg bedauert, aber nur hinter vorgehaltener Hand darüber gesprochen. Die Versorgung mit Lebensmitteln ist nach Aussagen der älteren Generation besser als im 1. Weltkrieg. Als Lokpersonal erhalten mein Heizer und ich Schwer- bzw. Schwerstarbeiter-Lebensmittelkarten.

6 Soldat in der Endphase des Krieges

6.1 Überraschend Fortbildung in der Etappe

Der im Sommer 1944 ausgerufene »totale Krieg« hat zur Folge, dass ich Anfang September zu den Panzergrenadieren nach Landau einrücken muss. Gemeinsam mit anderen bereits fronterfahrenen Soldaten erhalten wir eine von den »Neulingen« getrennte Ausbildung mit zahlreichen Schießübungen und Scheingefechten. Die Stimmungslage bei uns Soldaten über den Kriegsablauf ist trostlos. Nur noch wenige glauben an eine Wende durch Geheimwaffen, die propagandistisch immer wieder hochstilisiert und angekündigt werden. Von der Säuberungswelle bei hohen Kommandostellen nach dem missglückten Attentat auf Adolf Hitler am 20. Juli 1944 ist so manches zu uns Soldaten durchgesickert. Die meisten Landser sind nun vollends verunsichert und ein jeder bastelt sich sein eigenes Bild über den Ablauf der Endphase.

Nach vier Wochen intensiver Weiterbildung komme ich als ehemaliger Offiziersanwärter nunmehr zur Unteroffiziersschule nach Weimar, was mir angesichts des wenig erfreulichen Frontgeschehens nur recht sein kann. Das Schwergewicht in der Unteroffiziersschule liegt in der nunmehr angeblich »modernisierten« deutschen Landkriegsführung sowie im Gebrauch von Panzerfaust und Panzerschreck und außerdem in Nachtattacken, die den Gegner zermürben sollen.

Bei der Panzerfaust handelt es sich um eine panzerbrechende Waffe, deren Sprengkörper als Rakete aus einem Rohr abgeschossen wird mit einer guten Treffsicherheit bei 30 m Entfernung. Der Panzerschreck wird bis zu einer Entfernung von 100 m verwendet, wobei der Sprengkörper rückstoßlos aus einem »Ofenrohr« abgefeuert wird. Die Nachtübungen sind recht unangenehm, da sie sich oft wiederholen und wir zeitweise in einem Waldlager aus Zweigen und Ästen nächtigen oder uns in dunkler Nacht an den »Feind« heranpirschen. Trotz der misslichen Gesamtlage herrscht bei uns »Lernenden« hier im Herzen Deutschlands kein Stimmungstief, und wir sehen gelassen dem weiteren Kriegsablauf entgegen.

Erstmals erfahre ich, dass im nahen Ettersberg – etwa 700 m von unserer Schule entfernt – ein Konzentrationslager existiert. Mehrmals hört man von diesem KZ Buchenwald herrührende Lautsprechermusik, was wir als sonderbar empfinden. Nach etwa 50 Jahren lese ich, dass diese Musik die Exekution russischer Kriegsgefangener übertönen sollte. Es handelt sich um »reichsfeindliche« Rotarmisten, die von der Gestapo in Gefangenenlagern aufgespürt wurden. Sie werden einzeln in eine Art Ärztezimmer geführt, an eine Messlatte gestellt und aus einem Versteck heraus durch Genickschuss getötet. Auf diese abscheuliche Weise wurden im KZ Buchenwald über 7.000 russische Gefangene umgebracht.

Kurz vor Weihnachten finde ich meine Stammkompanie rechtsrheinisch im Örtchen Rettigheim in der Nähe von Wiesloch-Walldorf. Wir üben vehement die Zerschlagung eines angenommenen feindlichen Rhein-Brückenkopfes. Die mit großem Elan gestartete und propagandistisch als Wendepunkt des Krieges bezeichnete Ardennen-Offensive wird praktisch erfolglos abgebrochen und damit ein rasches Kriegsende vorprogrammiert.

Anfang Februar 1945 werde ich abermals abkommandiert und zwar aufgrund meiner guten Schießergebnisse zu einem Schießlehrgang auf dem Truppenübungsplatz Hammelburg. Es ist höchst erstaunlich, dass in der angelaufenen Endphase des Krieges, wo feindliche Truppen bereits die Reichsgrenze überschreiten, die soldatische Weiterbildung immer noch einen solch hohen Stellenwert besitzt. Zudem ist schwer zu verstehen, dass die enormen Verluste an den Fronten zumeist durch Rekruten mit völlig unzureichender und zu kurzer Ausbildung aufgefüllt werden und dass man fronterfahrenen Soldaten Etappenfunktionen auferlegt. Im Schießlehrgang sind zwei Schwerpunkte gesetzt, nämlich der

Gebrauch der sogenannten Selbstladegewehre und der Häuserkampf. Bei dem Selbstladegewehr wird die Schussfolge erheblich gesteigert, indem bei jedem Schuss der Rückstoß zum selbstständigen Auswerfen der leeren Hülsen und zum Laden einer neuen Patrone ausgenützt wird. Die verlassenen Dörfer und Gehöfte im Übungsgelände eignen sich vorzüglich für den vorgegebenen Häuserkampf. Es scheint vollkommen unrealistisch, in dieser Kriegsphase auf deutschem Boden Haus um Haus zurückerobern zu wollen. Deutsche Jagdflugzeuge sieht man nämlich nur noch selten am Himmel und die stets so gefürchtete deutsche Panzerwaffe ist sehr stark dezimiert.

Meine Trefferquote bei den Schießübungen liegt weiterhin überraschend hoch. Dies hat zur Folge, dass ich abermals zu einem Sonderlehrgang beordert werde, und zwar am 12. März 1945 zur Scharfschützenschule Bornland, ebenfalls auf dem großräumigen Truppenübungsplatz gelegen, also zu einem Zeitpunkt, wo linksrheinisch der Vormarsch der alliierten Verbände erstaunlich rasch an Boden gewinnt. Etwa 60 Landser, zumeist Obergefreite wie ich und alle bereits erfahren im Frontgeschehen, sollen hier zu perfekten Scharfschützen umgeschult werden. Während die Scharfschützen bei der Roten Armee von Anfang an bei uns sehr gefürchtet waren, sind mir bislang eine spezielle Ausbildung und ein gesteuerter Einsatz bei unseren Verbänden nicht bekannt.

Was ändert sich nun: Man spricht stets von einem Scharfschützenpärchen, wobei einer beobachtet und die genaue Zielansprache an den anderen, den Schützen, weitergibt. Der eine verwendet ein Fernglas und der andere schießt mit einem Selbstladegewehr mit aufgesetztem Zielfernrohr; dieser hat dabei den Gewehrlauf immer auf eine mitgeführte Astgabel aufgelegt. Das Pärchen erledigt alle Obliegenheiten gemeinsam. Größte Bedeutung ist der Tarnung und allen Bewegungsabläufen in Feindesnähe beizumessen. Es gilt das Motto »Je langsamer, umso besser«, also eine völlige Abkehr vom bisherigen Exerzier- und Gefechtsreglement. Die neue

Aufgabe verschafft mir insofern Genugtuung, als wir bei Gefechts-übungen jedes kleine Ziel, und sei es den Sehschlitz eines Panzers, bis 200 m Entfernung treffsicher ausschalten.

6.2 Böse Bekanntschaft mit US-Panzern

Wir üben unverdrossen die neue erfolgversprechende Variante im Kriegsalltag der Infanterie, als plötzlich Alarm ausgelöst wird. Eiligst treffen wir alle Vorbereitungen für den bevorstehenden Ernstfall. Dabei erfahren wir, dass die US-Armee am 22. März den Rhein bei Oppenheim überquert hat und aus dem erweiterten Brückenkopf heraus eine Panzerkolonne im Vormarsch auf Hammelburg ist, um in einer Blitzaktion das am Rande des Truppenübungsplatzes gelegene Gefangenenlager für Offiziere der alliierten Streitkräfte zu befreien. Bereits am späten Vormittag des 29. März 1945 erreichen wir mit unseren Fahrzeugen unbemerkt die Nordseite des Gefangenenlagers.

Eine unheimliche Stille empfängt uns. Doppelt vorsichtig beobachten und erkunden wir die Umgebung: Am Eingangstor des mit etwa 3.000 gefangenen Offizieren belegten Lagers haben sich mehrere US-Shermanpanzer postiert, anscheinend in Erwartung einer Übergabe. Die Rollenverteilung bei uns Scharfschützen wird bis ins Detail festgelegt, wobei mein Partner und ich 60 m seitlich vom ersten Panzer entfernt in Stellung gehen sollen. Das Heranpirschen in dem leicht welligen und mit Hecken besetzten Gelände geschieht unauffällig; auch die mit je einer Panzerfaust bestückten Kameraden beziehen unbemerkt ihre Ausgangspositionen.

Nach wenigen Minuten erscheint in meinem Blickfeld der Lagerkommandant, eine weiße Fahne schwenkend und assistiert von einem englischen Offizier zur Rechten und einem französischen Offizier zur Linken. Das Trio marschiert im Gleichschritt über den Lagerhof Richtung US-Panzer. Unser reichlich dekorierter

Hauptmann ist sichtlich empört über die kampflose Übergabe des Gefangenenlagers; er bringt seine MP in Anschlag und streckt ohne Vorwarnung das Trio zu Boden. Die Panzer beginnen sogleich mit einem flächendeckenden Feuerwerk, ohne aber uns, ihre bestens getarnten Gegner, zu erkennen. Ich ziele meinerseits auf Sehschlitze und Rohrmündungen. Die Panzerfäuste meiner Kameraden setzen einen Panzer in Brand und schießen zwei weitere kampfunfähig. Schockiert von unserem mutigen und erfolgreichen Überfall ziehen sich die restlichen Panzer zurück und Ruhe scheint wieder eingekehrt. Inzwischen ist im Bahnhof Hammelburg ein vom Armeeoberkommando hierherbeordertes Panzerjagdkommando eingetroffen, das die restlichen ohne Begleitschutz operierenden US-Panzer abdrängt und dann wegen Spritmangel zur Aufgabe zwingt.

Im Lager selbst, wo der Gefechtslärm die Gemüter wohl beunruhigte, wo man aber dennoch fest überzeugt ist, dass die Übergabe glatt über die Bühne geht, beginnen bereits Kommandos der gefangenen Offiziere mit der Entwaffnung der Wachsoldaten. Schnellstens bringen wir diese anmaßenden Einzelaktionen zum Stoppen und zeigen deutlich, wer Herr im Hause ist. Die Bewachungsaufgaben übertragen wir dann wieder der Lagerkommandantur, deren Chef, der Träger der weißen Fahne, schwer verwundet ist. Mit zwölf Toten und zahlreichen Verletzten ist der Blutzoll unserer kleinen Einheit beträchtlich. Der Lagerkommandant muss sich dem Vernehmen nach vor einem Kriegsgericht wegen Feigheit vor dem Feinde verantworten. Einerseits blicke ich mit etwas Stolz zurück, was eine relativ kleine Zahl aufrechter Soldaten gegen eine starke feindliche Übermacht ausrichten kann, wo auch eigene Ängste und Sorgen zu überlegtem Handeln auffordern; zum anderen bin ich mir bewusst, dass unser Gegenschlag lediglich zu einer Verzögerung des Vormarsches der US-Armee im Maingebiet führt und das Kriegsende zusehends näher rückt. Mein Bestreben kann nur sein, heil über die Runden zu kommen, zumal in der Heimat der Krieg zu Ende ist.

Anmerkung: In einer Fernsehsendung am 5. Mai 2002 über den 4-Sterne-General Patton wird von Offizieren seines Generalstabes der 3. US-Armee auch der Vorstoß auf Hammelburg erwähnt. Dieser wird von ihnen als das schlimmste Fiasko der US-Armee auf deutschem Boden bezeichnet. Mir war damals nicht bewusst, dass die Amerikaner neben den auf das Gefangenenlager angesetzten Panzern wahrscheinlich noch weitere wesentliche Verluste zu verzeichnen hatten.

Nach kurzer Verschnaufpause beordert uns ein Einsatzbefehl in den Raum südlich von Würzburg. Unsere Operationen beschränken sich vornehmlich auf Nachtzeiten, da bei Tage feindliche Jabos die frontnahen Straßen und Wege mangels eigener Flak beherrschen. Vereinzelt tauchen wohl die groß angekündigten ersten deutschen Düsenjäger, die superschnellen ME 262, am Himmel auf; sie können aber an der schier aussichtslosen Lage nichts mehr ändern. Bei den gegebenen Umständen und Möglichkeiten sowie unter dem Aspekt, den Vormarsch der US-Armee weitestgehend zu verlangsamen, taktieren wir wie folgt:

Während der Nacht richten wir uns in einem 10–15 km von der Frontlinie entfernten Ort zur Verteidigung ein. Im Zwischenraum verbleiben einzelne gut getarnte Widerstandsnester mit möglichst nicht einsehbaren Fluchtwegen. Das früh einsetzende Störfeuer dieser Vorposten zwingt den ganz auf Sicherheit eingestellten amerikanischen Angriff immer wieder zu unvorhergesehenen Aufenthalten. Am späten Nachmittag stößt er auf unsere Verteidigungsstellung am Ortsrand, wo ihn unsere noch verbliebene Feuerkraft, verstärkt durch eine PAK (Panzerabwehrkanone), empfängt. Wegen der hereinbrechenden Dunkelheit wagen die uns weit überlegenen Amerikaner nicht, das Dorf zu erobern, von wo aus wir uns in derselben Nacht 10–15 km zum nächsten Dorf absetzen. Dieses Kriegsspiel in der angebrochenen Endphase, das abschnittsweise Zurückkämpfen, wiederholt sich dreimal.

In der Osterzeit, am 3. April 1945, ändert sich die Lage dramatisch. Ein Stoßkeil der US-Armee dringt südlich von uns bei wenig Widerstand rasch vor. Um der Einkesselung zu entgehen, wird unsere Einheit nach Ippesheim am Rande des Steigerwaldes verfrachtet. Bereits im Morgengrauen brechen wir auf mit dem Befehl, zum etwa 2 km entfernten Bahndamm, nahe am Bahnhof Herrnberchtheim der Eisenbahnstrecke Würzburg–Ansbach, vorzudringen, feindliche Vorposten aufzuspüren und den Bahndamm beim zu erwartenden Angriff auf das Äußerste zu verteidigen. Zügig erreichen wir den Bahndamm und beziehen vom Volkssturm bereits angelegte Stellungen.

Es dauert nicht lange und schon rollt auf breiter Front eine Kolonne Sherman-Panzer auf uns zu. Sehr behutsam und ab und zu eine Reaktion unsererseits abwartend nähern sie sich Stück um Stück. Wir sind uns bewusst, dass die Amerikaner nur durch ihre geballte Feuerkraft ihre Siege erringen und als Einzelkämpfer ganz wenig in Erscheinung treten. Was soll nun dieses kleine Häuflein Scharfschützen gegen dieses massive Aufgebot an Panzern im offenen Gelände ausrichten? Die Antwort lautet: gar nichts. Nach einem chancenlosen Feuerüberfall mit unseren leichten Infanteriewaffen über eine Distanz von 250 m entschließt sich unser Hauptmann zum Rückzug.

Mein Partner Emil und ich verbleiben aber in unserer Stellung; zum Glück, denn wenig später werden unsere Kameraden wie auf einem Präsentierteller von einer Feuerwalze eingedeckt. Wir beide warten auf eine günstige Gelegenheit, um dann mit erhobenen Händen auf den ersten Sherman-Panzer zuzugehen. Ohne viel Federlesens müssen wir auf den Panzer aufsteigen und fahren als dessen Schutzschild in die ungewisse Gefangenschaft.

7 In Kriegsgefangenschaft: Leiden und Zuversicht

7.1 Bitter enttäuscht als Gefangener der US-Armee

7.1.1 Der schmerzliche Weg durch drei Durchgangslager

Es ist wahrlich kein Ruhmesblatt für den Sherman-Panzer, dass Emil und ich auf der restlichen Strecke bis zur Ortsmitte von Herrnberchtheim als lebender Schutzschild verwendet werden. Das Abfeuern von MG-Salven an unseren Köpfen vorbei schreckt uns dabei mehrfach auf und wir sind heilfroh, dass auf dem Marktplatz dieser gefährliche Schritt in die Gefangenschaft beendet ist. Wir gesellen uns zu den bereits zwei Dutzend hierher eingesammelten Landsern in Erwartung der Dinge, die auf uns zukommen werden. Das Filzritual läuft an; alles, was dem Ami-Boy oder mir nützlich sein könnte, verschwindet in einer Truhe, angefangen von der Armbanduhr und meinem Messer bis zum Bleistift, und sogar mein Löffel wird mir abgenommen. Dann erfolgt die Registrierung von Namen, Truppenteil und Heimatort. Drei Stunden vergehen, genügend Zeit, die Geschehnisse in Ruhe vorbeiziehen zu lassen. Wir sind leidlich froh darüber, nicht in russische Gefangenschaft geraten zu sein; grausige Geschichten erzählt man sich von dort.

Am späten Nachmittag heißt es aufsteigen auf einen riesenlangen (ich schätze 10–11 m) offenen Transporter. Etwa hundert Gefangene sind seine Fracht mit unbekanntem Ziel für uns. Zwei mit MP bewaffnete, dunkelhäutige Amerikaner beobachten uns aufmerksam mit Argusaugen, um jegliche Fluchtversuche im Ansatz zu ersticken. Aufgrund von Wegweisern erraten wir schnell, wohin die Reise geht, nämlich nach Rothenburg ob der Tauber. Das dortige Rathaus ist unsere Endstation, und es wäre zu schön, wenn die vielen Räumlichkeiten als Lagerstätte dienen würden. Wir müssen in den weitflächigen Rathauskeller einziehen, wo immerhin eine Lage Stroh den feuchtkalten Boden bedeckt. Viele Menschen sind hier eingesperrt, darunter auch überraschend viele Zivilisten. Die stockfinstere Nacht wird ab und zu durch den lichtstarken Strahl einer Taschenlampe der Wächter aufgehellt; am Tage lassen schmale Kellerfenster nur wenig Licht eindringen. Es gibt die erste Verpflegung in der Gefangenschaft, Trinkwasser und ein kleines Stück Brot, also wenigstens die so dringend benötigte Flüssigkeit. In diesem Verlies verbringe ich drei Tage bei wenig Kontakt mit Leidensgenossen, ein jeder ist noch zu sehr mit sich selbst beschäftigt.

Wir fahren dann ein langes Stück Richtung Westen, überqueren den Rhein und verbleiben kurz danach in Worms. Der in Bahnhofsnähe gelegene, überaus große Kasernenhof ist schnellstens zu einem Auffanglager für Kriegsgefangene umfunktioniert worden. Dichte Stacheldrahtverhaue und zahlreiche Wachtürme begrenzen das Terrain, wohl aus vermeintlicher Angst, die mürben, abgekämpften Gefangenen würden einen Ausbruch wagen. Hatten wir uns in den finsteren Kellergewölben von Rothenburg noch nach Licht, Luft und Sonne gesehnt, so erleiden wir hier den Umkehrschluss. Auf nackter Erde unter freiem Himmel kauern hunderte von Gefangenen, ausgesetzt den Wetterunbilden und den noch kalten Nächten ohne Unterlage und ohne Decke. Die Stimmung ist auf dem Tiefpunkt, aber ich versuche mich immer wieder zu trösten, zumal es in den vier Tagen hier im Lager Worms kaum geregnet hat und die willkommene Frühjahrssonne das Gemüt leicht bewegt. Erstmals gibt es ein wärmendes Wassersüppchen mit Kohlblättern und wenig Kartoffeln. Mein Kochgeschirr durfte ich zum Glück behalten; aus ihm schlürfe ich begierig mangels eines Löffels das Süppchen in den hungrigen Magen. Auf irgendeine Hygiene, auch einfachster Art, muss man verzichten. Das Problem der Notdurft ist durch einen im Freien stehenden Donnerbalken gelöst. Der Kontakt mit Mitgefangenen nimmt langsam Gestalt an und bringt etwas Abwechslung. Die Amerikaner errichten wie hier in Worms die berüchtigten sogenannten Rheinwiesenlager für 1,3 Mio. deutsche Gefangene. Aufgrund der katastrophalen Lebensbedingungen, vor allem wegen fehlender Unterkünfte und der überaus spärlichen Verpflegung, sterben immens viele Gefangene.

Am 8. April 1945 verlasse ich mit 500 Gefangenen das Lager Worms. Dicht an dicht stehen wir auf dem bereits bekannten riesenlangen Transporter. Von vornherein bemühe ich mich mit Erfolg auf das letzte Fahrzeug zu klettern mit der festen Absicht, von ihm bei günstiger Gelegenheit unbemerkt zu entkommen. Wie vermutet führt die Fahrtroute durch das Saarland und ist im Abschnitt Rohrbach–St. Ingbert nicht mehr weit von meinem Wohnort Merchweiler entfernt. Aber welches Pech: Auf meinem Transporter, dem letzten Fahrzeug der Kolonne, haben sich zwei US-Boys postiert und beobachten genauestens ihre anvertraute Fracht. Zu groß, ja lebensgefährlich wäre das Risiko eines Fluchtversuches. Bitter enttäuscht über mein missglücktes Vorhaben schreibe ich auf einen Zettel, adressiert an meine Frau in Merchweiler, dass ich mit einem Gefangenentransport auf der Durchfahrt Richtung Frankreich bin. In Scheidt werfe ich die Botschaft mit meinem Lebenszeichen unauffällig über die Seitenwand zu neugierigen Einwohnern, die am Straßenrand stehen.

Kurz vor Wolfersheim bei Saargemünd endet die Fahrt. Wie in Worms, so wurde auch hier auf schnellste Art ein Durchgangslager für Kriegsgefangene improvisiert; es handelt sich aber fast ausschließlich nur um die Umgrenzung mit Stacheldraht und Wachtürmen. Wir Gefangene kampieren auf einer nassfeuchten Wiesenfläche ohne irgendwelchen Schutz vor dem nunmehr einsetzenden Nieselregen. Ein jeder versucht mit seinen wenigen Utensilien die ärgste Nässe abzuhalten, wobei mir mein verbliebener Mantel so leidlich aushilft. Aber glücklich können diejenigen sein, die eine Folie ihr Eigen nennen. Wir fragen uns: Kann es irgendwo auf

Erden noch schlimmer zugehen, dass Gefangene, gleich welcher Art, ob im Krieg oder Frieden, ohne Dach über dem Kopf auf engstem Raum zusammengepfercht vegetieren müssen? Dies ist meine zweite Enttäuschung über den von den meisten Landsern vorher erwarteten Respekt der amerikanischen Streitkräfte zur Achtung der Menschenwürde. Meine Verwendung als lebendiger Schutzschild war ja die erste Enttäuschung. In dieser Notlage hilft nur der Versuch einer Flucht in die Freiheit. Ich plane halb träumend, zu dem Stacheldraht zu robben und unter ihm durch Seitwärtsschieben der weichen Graswasen ins Freie zu gelangen und mich dann saarabwärts nach Merchweiler durchzuschlagen. Aber was geschieht? Vorher wird ein ähnlicher nächtlicher Fluchtversuch vereitelt und daraufhin erfolgt verschärfte Bewachung der Umgrenzung, sodass ich mein Vorhaben aufgeben muss. Eine Woche verbleibe ich in diesem menschenunwürdigen Lager.

7.1.2 Viel erwartet, aber manch einer verhungert im Lager 404

Im Bahnhof Saargemünd besteigen wir einen langen Zug mit gedeckten Güterwagen. Wir sind froh, wenigstens ein Dach über dem Kopf zu haben, auch wenn es arg eng zugeht und wenig Licht in den Wagenkasten fällt. Eine Schiebetür bleibt 10 cm breit geöffnet und durch zwei schmale vergitterte Fenster, die in Mannshöhe an den Seitenwänden angebracht sind, kann man einen Blick ins Freie werfen. Am Spätnachmittag des folgenden Tages hat der Zug sein Ziel, irgendwo in der weiteren Umgebung von Marseille, erreicht. Lkw-Transporter bringen uns auf eine abgelegene düstere Hochfläche.

In dieser Einsamkeit liegt meine Heimstatt für 2 ½ Monate, das Lager 404. Man merkt sofort, dies ist kein Provisorium, alles hat Hand und Fuß und soll lange Bestand haben. Eine riesengroße

Zeltstadt breitet sich vor unseren Augen aus; jedes Zelt ist mit zehn Gefangenen belegt und jeder Gefangene erhält eine Wolldecke. Mir scheint, ein wenig Erbarmen und Menschlichkeit sind wieder eingekehrt. Ich habe Zeit und Muße, die letzten Wochen vor mir abrollen zu lassen: die Zerschlagung des Panzervorstoßes zur Befreiung der gefangenen alliierten Offiziere, die Rückzugsgefechte im Raum Würzburg, meinen Weg in die Gefangenschaft und meinen Leidensweg in den Durchgangsstationen Rothenburg, Worms und Wolfersheim. In der leicht wohligen Hoffnung, das Ärgste überstanden zu haben, verfalle ich seit langer Zeit wieder in einen tiefen, erholsamen Schlaf.

Um sieben Uhr morgens heißt es in der ganzen Zeltstadt: Aufstehen. Großes Gedränge und lange Warteschlangen bilden sich alsbald an den Wasserstellen, beim Verpflegungsempfang und an der Latrine. Größter Wert wird auf Ordnung und Sauberkeit in den Zelten gelegt. Nach dem täglichen Zählappell sind wir uns selbst überlassen, jedoch immer im Blickfeld eines Aufsehers, eines sogenannten »Jugos«. Bei diesen Leuten handelt es sich zumeist um vorherige jugoslawische Kriegsgefangene. Sie wurden von den Amerikanern für Aufsichtsdienste engagiert. Anstatt Gewehr oder MP hat man ihnen eine Peitsche in die Hand gedrückt, mit der sie bei Verstößen gegen die Lagerordnung tätig werden sollen.

Nach und nach werden wir Neuzugänge abermals registriert und dabei eingehend über die politische Vergangenheit befragt. In einer ellenlangen Liste, in der alle nationalsozialistischen Verbände und angeblichen Verbindungen aufgezählt sind, habe ich Hitlerjugend (HJ), Beamtenbund und Winterhilfswerk (WHW) angekreuzt. Durch dieses »Sündenregister« muss ich – wie sich später herausstellt – 1 ½ Jahre länger auf meine Entlassung aus der Kriegsgefangenschaft warten! Nach der Befragung wird bei jedem die Achselhöhle eingehend in Augenschein genommen, ob dort eine Narbe als eindeutiges Kennzeichen der Zugehörigkeit zur SS sichtbar ist.

Was die Verpflegung angeht, ist es schlecht bestellt, insbesondere in Bezug auf die Mengen, und ein Hungergefühl belastet einen jederzeit. Lagervorräte sind wohl reichlich vorhanden, aber die Rationen für uns Gefangene sind mit Absicht recht knapp bemessen. Zudem finde ich es leicht zynisch, wenn mit manchen leckeren Sachen, z. B. drei Keksen oder einem Stück Schokolade als Frühstück, der Appetit weiter angeregt wird, aber die Magenleere nur unwesentlich zurückgeht. Da man mir Löffel und Messer bereits zu Beginn der Gefangenschaft abnahm, bastele ich mir nunmehr aus einem Konservendeckel und Bindedraht einen Ersatzlöffel; außerdem bearbeite ich einen länglichen flachkantigen Stein zu einem Schneidbehelf.

Der Lageralltag nimmt Zug um Zug Gestalt an. Es bilden sich Interessengrüppchen mit regem Erfahrungsaustausch über Kriegserlebnisse und Zukunftsperspektiven, über berufsspezifische Fragen und mehr. Die Lagerleitung lässt zwischendurch den Selbstmord Adolf Hitlers verkünden und ist berauscht vom Siegestaumel der alliierten Truppen. Dann werden uns Gefangenen die menschenverachtenden Geschehnisse im KZ Auschwitz mehrmals vor Augen geführt. Wir sind fast alle überrascht über all das Schreckliche, was sich dort zugetragen hat.

Eines Tages werde ich gemeinsam mit vielen Gefangenen zu einem Strafexerzieren mit Angehörigen der Waffen-SS geführt. Der Grund für das unfreiwillige Zuschauen ist mir bis heute unklar. Jeder der SS-Kameraden trägt auf seinen Armen einen Felsbrocken, ich schätze, 25 kg schwer. Mit diesem Stein beladen müssen sie auf Kommando entweder marschieren, in Laufschritt übergehen oder Hockstellung einnehmen und hüpfen. Wer schlappmacht, wird mit Peitschenschlägen der Jugos zur Räson gebracht. Einer nach dem anderen fällt unter den unmenschlichen Strapazen zu Boden und wird von Jugos erbarmungslos traktiert. Die Oberkörper sind durchweg mit blutenden und geschwollenen Striemen gezeichnet. Manch einer hat die Tortur wohl nicht überlebt. Ich stelle mir die

Frage: Was ist humaner, Genickschuss, Vergasung oder Marter? Alles ist grausamer Mord. Wie kann man Angehörige der Waffen-SS, die an Brennpunkten aller Fronten den größten Blutzoll bei manchmal allzu hartem Kampfgeschehen erbrachten, so hassen! Diese Soldaten dürfen nicht mit den Wachmannschaften der SS in den Konzentrationslagern verwechselt werden, da diese SS-Angehörigen nicht dem Kommando der Wehrmacht unterstanden haben.

Im Lageralltag verstärkt sich die Suche nach Mitgefangenen aus dem gleichen Land, der gleichen Stadt oder Region. Neben weiteren Saarländern stoße ich auf einen guten Freund von mir. Wir freuen uns riesig über das Wiedersehen und vergessen für kurze Zeit unser hartes, trostloses Gefangenenleben, das in der Zweisamkeit nunmehr etwas leichter erträglich wird. Erwähnenswert ist, dass es uns beiden gelingt, in der Latrine als Mückenfänger zu wirken, wofür wir beim Mittagessen mit einem Nachschlag belohnt werden; wir hoffen hierdurch einigermaßen gut über die Runden zu kommen. Beim Gedankenspiel über Zukunftsillusionen erreicht uns die Nachricht, dass zur Wiederaufnahme der Kohlenförderung in den Gruben des Saargebiets für Bergleute und für andere wichtige Funktionen eine rasche Heimkehr in Aussicht gestellt ist. Wir haben beide bei der Registrierung als Beruf »Lokführer« angegeben und hoffen, hierdurch bei den Auserwählten zu sein. Aber noch wichtiger als der Beruf ist die politische Vergangenheit. Im Gegensatz zu meinem vier Jahre älteren Freund war ich – wie damals über 90 % der Jugendlichen – Mitglied der Hitlerjugend und trage damit nach der Doktrin der Amis eine wesentliche Mitschuld an dem so verhängnisvollen Krieg. Mein Freund kann 14 Tage später die Heimreise antreten. Der Abschied ist für mich sehr bitter und schmerzhaft.

Man ist wieder einsam und verlassen, aber es kommt noch schlimmer. Auf angebliche Anordnung von General Eisenhower, dem Oberbefehlshaber der alliierten Streitkräfte, wird die bereits sehr knappe Verpflegung auf die Zuteilung für KZ-Häftlinge weiter drastisch herabgesetzt. Man ist machtlos, schier ohnmächtig und rechtlos, irgendwelche Erleichterung gegen diese menschenverachtende Maßnahme zu erreichen. Auch Sondervergünstigungen, wie etwa der Essennachschlag für meine Tätigkeit als »Mückenjäger«, sind tabu. Ich muss dem Schicksal seinen Lauf lassen und wie in anderen Notsituationen verleiht auch hier ein stilles Gebet Stärke und Hoffnung auf bessere Tage. Ich versuche meinen Kalorienverbrauch durch möglichst wenig Bewegungsabläufe einzuschränken. Das Verpflegungslager ist übervoll, die Überschüsse werden vor unseren Augen vernichtet, Zynismus und Gemeinheit ohnegleichen, was mich und andere zum Weinen bringt. An den Lagerzaun grenzt ein Sammellager für Exilrussen in amerikanischer Obhut. Diese Menschen haben Mitleid mit uns armen Kreaturen. Sie werfen eine Anzahl Brotstücke über den Grenzzaun und lassen mein Herz über diese menschliche Geste leicht aufleuchten.

Das Martyrium bei den Amerikanern dauert bis zum 26. Juni 1945. Wir werden an diesem Tag ausgemergelt und abgemagert den Franzosen übergeben mit der vagen Hoffnung, dass es bei ihnen nicht schlimmer zugehen kann. Die Gefangenen sind zumeist fest entschlossen, den Amerikanern die skandalöse Behandlung im Lager 404 bei erster Gelegenheit mit der Waffe in der Hand heimzuzahlen. Nach zuverlässigen Schätzungen sollen allein in diesem berüchtigten Lager 404 mindestens 5.000 deutsche Kriegsgefangene verhungert sein. Inzwischen ist über ein halbes Jahrhundert vergangen. Man sagt, die Zeit heilt Wunden, und in der Tat, ich habe inzwischen gelernt, dass man Auswüchse jeglicher Art, auch wenn sie von der obersten Kriegsführung angeordnet oder geduldet werden, nicht einem ganzen Volk anlasten kann. Bei meinen vielen Reisen rund um den Erdball habe ich in der breiten Masse eines Volkes nirgendwo Gefühle von extremem Hass und Gewalt verspürt. In nicht bereisten Krisengebieten kann natürlich Gewalt eskalieren, zu Gegengewalt führen und viel Leid und Trauer verursachen. Abschließend sei erwähnt, dass der Lagerkommandant des Lagers 404 ein US-Bürger jüdischen Glaubens war.

Man hüte sich die Exzesse im Lager 404 und in den Rheinwiesenlagern zu verallgemeinern! Sie entstanden zumeist in den turbulenten, emotionsgeladenen Tagen knapp vor oder knapp nach Kriegsende. Vom Gefangenenleben 1940 bis 1944 in westalliierten Lagern hört man kaum von Schikanen irgendwelcher Art.

7.2 In französischer Gefangenschaft

7.2.1 Ein hoffnungsvoller Weg mit viel Leid in Durchgangslagern

Im etwa 30 km entfernten französischen Durchgangslager, dem Depot Aubagne, dient nunmehr eine riesige Luftschiffhalle als Gefangenenlager; ich schätze, sie ist 150 m lang, 60 m breit und 40 m hoch. Jedenfalls ist dies für uns so anspruchslose Landser die bisher erträglichste Lagerstätte mit reichlich Freiraum und geschützt vor Sonne, Regen und Sturm. Die Halle wurde in den 20er Jahren von uns Deutschen als auferlegte Reparationsleistung erbaut. Anfangs soll immerhin ein einziges Luftschiff hier Aufnahme gefunden haben.

Am nächsten Tag beginnt das uns bekannte Befragungsritual. Aufgrund der Tatsache, dass die von mir bei den Amerikanern angegebene Mitgliedschaft in der HJ meine Heimkehr verhindert, beantworte ich nunmehr sämtliche Fragen über die politische Vergangenheit mit Nein, möge kommen, was da wolle. Außerdem hege ich die vage Hoffnung, dass auch bei den Kriegsgegnern der aufgestaute Hass allmählich abklingt und eine menschliche, rechtsbewusste Denkweise wieder Einzug hält. Überraschend unterbreiten uns dann die Franzosen das Angebot, in die Fremdenlegion einzutreten. Es klingt wahrhaft verlockend, dass man sich wieder satt essen und die ersehnte Freiheit genießen kann. Viele haben zugesagt; sie sind aber später fast alle in der Schlacht um Dien Bien Phu, dem »Stalingrad« in Indochina, mit weiteren Tausenden deutscher Fremdenlegionäre gefallen. Ich selbst bin auf das Angebot nicht eingegangen, insbesondere wegen meinem Zuhause und meiner Familie. Die Fremdenlegion füllt ihre Reihen weiterhin mit vielen deutschen Gefangenen; der Anteil der Deutschen an der Truppe steigt bis auf fast 70 %. Der Legionär leistet seinen Eid nicht auf Frankreich, sondern auf die Regimentsfahne nach dem Motto »Legion patria nostra« (Die Legion ist unser Vaterland). Der Aufenthalt im Depot Aubagne währt nur fünf Tage; währenddessen ist die Behandlung korrekt und die Verpflegung etwas reichlicher als bei den Amerikanern.

Von Aubagne fahren wir nach Avignon, in die altehrwürdige Stadt an der Rhone, die Stadt der Exilpäpste. Die Lagerhalle der dortigen Pionierkaserne dient nunmehr als Gefangenendepot, das mit etwa 700 Kriegsgefangenen bereits stark gefüllt ist. Das Interesse ist auf uns Neuankömmlinge gerichtet und es beginnt sogleich das Wechselspiel der Neugierde über den Lageralltag, über den mit Hunger und Sorgen gepflasterten Weg in der Gefangenschaft, und natürlich stehen Spekulationen über Heimkehraussichten immer obenan. Am nächsten Tag treffe ich auf zwei Mitgefangene aus meinem Wohnort Merchweiler. Beide waren als Hilfspolizisten eingesetzt, wurden verhaftet und hierher nach Avignon gebracht. Wir haben schnell enge Freundschaft geschlossen, und der Gedankenaustausch über die Heimat und so allerlei von Merchweiler erhellt unsere Gemüter und bringt eine leichte Abwechslung in den düsteren Alltag.

Der Hunger ist aber nach wie vor der ewige Begleiter. Auch wenn die Verpflegung ein paar Gramm mehr auf die Waage bringt als bei den Amerikanern, zum Leben reicht es bei weitem nicht und zum Sterben ist es noch zu viel. In unserer Not versuchen wir wilden Hafer im begrasten Hofgelände aufzuspüren und als winzige Zugabe für unsere hungrigen Mägen zu verwerten. Bereits nach zehn Tagen trennen sich unsere Wege. Die jüngeren Jahrgänge, zu denen auch ich gehöre, werden nach Orange verlegt; die älteren mit den beiden über 45 Jahre alten ehemaligen Hilfspolizisten werden entlassen. Für mich ist dies wiederum eine bittere Enttäuschung, weil ich wegen meines Alters von 25 Jahren nicht heimkehren darf.

Die Entfernung von Avignon nach Orange beträgt 25 km, eine lange Wegstrecke, die wir Gefangene zu Fuß zurücklegen müssen. Der Marsch fällt uns doppelt schwer, weil die meisten entkräftet und abgemagert sind. Mit Brot und einer Kaffeebrühe oder Wasser werden wir währenddessen einigermaßen recht oder schlecht versorgt; da ich zudem nunmehr ein Leichtgewicht bin, kann ich so leidlich mithalten. Ich habe nämlich in dem Vierteljahr amerikanischer Gefangenschaft 60 Pfund an Gewicht verloren und wiege nur noch 95 Pfund. Wir machen uns gegenseitig Mut und erkennen an den Wegweisern, dass wir uns langsam, aber stetig dem Ziel nähern. Auf den letzten Kilometern wird kein Wort mehr gesprochen; ein jeder döst vor sich hin und versucht fast apathisch in der Kolonne am Ball zu bleiben. Bei dem einen oder anderen hält der Körper den Strapazen nicht mehr stand. Er fällt um oder torkelt zum Straßenrand, wo er von einem Begleitfahrzeug aufgenommen wird. Gegen Abend erreicht unsere Marschkolonne den Stadtrand von Orange. Mit letzter Energie schleppe ich mich zur herbeigesehnten neuen Lagerstätte, einem ehemaligen Pferdestall einer Kavalleriebrigade.

Eine dicke Schicht von frischem Stroh bedeckt bereits den Stallboden und ich freue mich auf einen erholsamen Nachtschlaf. Aber anstatt dass ich einschlafe, setzen alsbald die Nachwehen des langen Fußmarsches ein, der uns schwachen, langsam dahinsiechenden Gefangenen zu viel, ja Übermenschliches, abverlangte. Neben quälenden Muskelschmerzen beginnt der Darm seinen Mund zu öffnen für einen so leidvollen, unangenehmen Durchfall, begleitet von mittlerem Fieber und Kopfschmerzen. Trotz grenzenloser Müdigkeit vermag ich nicht einzuschlafen und ich warte mit Ungeduld auf den anbrechenden Morgen. Im Laufe des Tages werde ich mit weiteren Leidensgefährten in eine Art Hospiz überführt, das von Nonnen betreut wird.

Je fünf kranke Gefangene belegen einen Raum, in dem ich erstmals seit langer, langer Zeit wieder auf einem Federbett liegen darf. Ich hoffe und denke insgeheim, dass die Ordensschwestern mit ihrem hohen christlichen Ideal der Nächstenliebe mich alsbald wieder auf die Beine bringen werden. Ich erhalte wohl reichlich Tee und leichte Kost, was mir gut bekommt, aber jede kleine Handreichung begleitet das grässliche Schimpfwort »Boche« (gesprochen »Bosch«), welches vom Deutschenhass befallene Franzosen instinktiv bei Begegnungen anwenden und welches noch vom 1. Weltkrieg herrührt. Ich möchte es etwa vergleichen mit dem Ausdruck »Nazischwein«, dem meine Generation auch ohne irgendeine persönliche Schuldzuweisung oftmals ausgesetzt war. Wir können uns glücklich schätzen, dass anstatt der jahrhundertelangen tiefverwurzelten Feindschaft zwischen Frankreich und Deutschland nunmehr ein friedliches, versöhnliches Nebeneinander eingekehrt ist.

Das Verhalten der Nonnen berührt mich sehr, zumal ich mir deren christliche Tugenden stets als Vorbild für ein friedliches menschliches Miteinander vorstellte. Inmitten der Nacht vernehme ich halbwach bei meinem Nachbarn zur Linken ein leichtes Aufbäumen, dann ein abklingendes Stöhnen, das in Röcheln übergeht und schließlich verstummt. Etwa eine Stunde später vollzieht sich ein ähnlicher Vorgang bei meinem Nachbarn zur Rechten; auch er schließt für immer seine Augen. Eine Nachtwache gibt es nicht: Zudem sind ja die Nonnen vorrangig nationalbewusste Franzosen, und menschliches Leid bei Kriegsgegnern zu lindern besitzt nur einen geringen Stellenwert. Nach meinem Dafürhalten ist der Tod meiner beiden Kameraden zum Teil auch auf eigenes Verschulden zurückzuführen. Beide waren nämlich starke Raucher; sie sammelten den Kaffeesatz, trockneten ihn und rauchten ihn gierig in ihren selbstgebastelten Pfeifen. Mein Fieber klingt allmählich ab und zugleich normalisiert sich der Magen-Darm-Bereich. Es dauert aber immerhin zehn Tage, bis ich wieder voll auf den Beinen bin und mich dann die Lagerverwaltung als einsatzfähigen Kriegsgefangenen registrieren kann.

7.2.2 Verschiedene wohltuende Arbeitseinsätze

Der Gefangenenalltag ändert sich; ich kehre zurück nach Avignon und werde einem Arbeitskommando zugeteilt, das im dortigen Eisenbahndepot für Dampflokomotiven bei Reparaturarbeiten mithelfen soll. Die Arbeit sagt mir zu, da ich das Innenleben der Dampflokomotive bereits gut kenne und eine Abwechslung im trostlosen, eintönigen Gefangenendasein arg vonnöten ist. Ich vermute, dass zu diesem Einsatz auch mein angegebener Beruf als Lokomotivführer beigetragen hat. Meine Anwesenheit wird von den französischen Arbeitern wohlwollend respektiert; vorwiegend vollbringe ich Zubringerdienste an Werkstoffen und Ersatzteilen. Nicht etwa, dass auf eine rasche Erledigung gedrängt wird, im Gegenteil, am dritten Tag wird mir auf einer Tonne ein Stammplatz zugewiesen, den ich nur verlassen soll, wenn Gefahr im Verzug ist, d. h. wenn der Patron (Meister) im Blickfeld erscheint.

Ausschlaggebend für diese überraschende Fürsorge dürfte wohl mein jämmerlicher, abgemagerter Gesamtzustand sein, ein noch länger anhaltendes Erinnerungsmal an die amerikanische Gefangenschaft. Mehrere Arbeiter brechen von ihrem Frühstücksbrot, der bekannten Flute, einen Happen für mich ab, eine wohltuende Geste und welch ein Unterschied zu den von tiefem Hass besessenen Ordensschwestern! Zum Frühstück der Arbeiter gehört auch eine Flasche Rotwein, reichlich mit Wasser gemischt. Wenige Tage später wechsle ich von meinem Stammplatz in die Feuerbüchse von Lokomotiven, wo ich aber produktive Arbeit verrichte. Die Stehbolzenbohrungen, durch welche die Rauchschwaden in den Schornstein abziehen, habe ich nämlich von mitgeführter Flugasche zu befreien. Es sind weit über hundert Stehbolzenbohrungen, die ich eine nach der anderen angehe. An und für sich eine wenig anstrengende Tätigkeit; lediglich bei festgebrannter Flugasche muss ich einen Bohrer ansetzen. Eine Feuerbüchse ist jeweils mein Tageswerk. Bis zum 1. Oktober 1945 verbleibe ich in der Lokomotivwerkstätte Avignon, eine erträgliche Zeit, die mich hoffen lässt.

Etwa zehn Kilometer nordwestlich von Avignon liegt Vedène, mein nächster Einsatzort. Unsere Arbeitskolonne – zehn Prisonniers (Kriegsgefangene) – sortiert und stapelt zunächst in einem parkähnlichen Gelände ein abgeschlagenes Barackenlager. Die stattliche leerstehende Villa am Rande des früheren Parks wird von Handwerkern kurzfristig aufpoliert zu einem Erholungsheim für ehemalige französische KZ-Häftlinge und Kriegsgefangene. In einem einfachen, aber würdigen Zeremoniell wird das Heim seiner Bestimmung übergeben. Wir zehn Gefangene sollen helfend dem Hauspersonal zur Seite stehen. Da ich mich mit meinem sechsjährigen Schulfranzösisch so leidlich verständigen kann, werde ich von unserem Patron, unserem Vorgesetzten, als Dolmetscher bestimmt und damit sein Ansprechpartner für meine Kameraden. Im Außenbereich des Erholungsheims beziehen wir in einer kleinen Baracke mit Betten und Spinden eine für Kriegsgefangene gute Unterkunft.

Ich bin Mithilfe in der Küche zum Vorbereiten der Mahlzeiten. Morgens muss ich schon früh um sechs Uhr aufstehen, das Herdfeuer entfachen und das Kaffeewasser zum Kochen bringen. Für Karotten und Kartoffeln können wir bereits eine Schälmaschine verwenden, hingegen sind wir bei den anderen Küchenarbeiten einschließlich Geschirrspülen auf unserer Hände Arbeit angewiesen.

Unser Chefkoch gibt sich alle Mühe, eine kulinarische Vielfalt anzubieten, die jedem Geschmack gerecht wird. Unser zweiter Koch befasst sich vorwiegend mit Suppen sowie mit leckeren Vor- und Nachspeisen. In einem großen Suppenkessel wird schmackhafte echte Fleischbrühe zubereitet, die für jeweils mehrere Tage reicht. Es versteht sich von selbst, dass für uns Gefangene jede Art Reste zumeist noch reichlich vorhanden sind und wir kräftig zupacken. Ich bin eisern bestrebt mein enormes Untergewicht zügig abzubauen und, wenn möglich, sogar ein Gewichtspolster für Eventualitäten zu schaffen. Das Papstpalais in Avignon beherbergt große Mengen an Lebensmittelpaketen des IRK (Internationales Rotes Kreuz) für französische Kriegsgefangene und Nazi-Geschädigte. Einmal wöchentlich wird von dort Nachschub geholt, wobei ich oftmals mithelfe. Ich nutze dann die Gelegenheit, feine Leckereien im Unterteil meiner Scharfschützen-Kniehose unbemerkt verschwinden zu lassen.

Unsere erholungsuchenden Franzosen hegen überraschenderweise nach ihren bitteren Erfahrungen, vor allem im Konzentrationslager, keinerlei Hassgefühle oder Vorwürfe uns gegenüber. Sie sind freundlich, und neugierig erkundigen sie sich über unseren Weg und die Behandlung in der Gefangenschaft, denn nur wer selbst gelitten hat, kann mitempfinden über das Los der Gefangenen. An Weihnachten wird ein ganz exzellentes Festessen mit sieben Gängen aufgetischt. Der zweite Koch hat sich für uns Gefangene ebenfalls etwas Besonderes ausgedacht. Er serviert uns einen in Weinsauce bestens zubereiteten Hasenbraten. Ein jeder lobt den ausgezeichneten Geschmack und das zarte Fleisch. Nach Ende der Tafel entpuppt sich unser Braten als falscher Hase; eine wohlgenährte Katze wurde uns als Weihnachtsgeste geopfert.

Ein halbes Jahr, eingeschlossen der unangenehme, stürmische Winter 1945/46, verbringe ich in Vedène, eine Zeit, die ich vor allem nutze, um Leib und Seele ins Gleichgewicht zu bringen und in die Normalität zurückzuführen.

Unsere Arbeitskolonne wechselt geschlossen nach dem nicht weit entfernten Ort Pleurtuit; angeblich soll dort die Entlassung aus der Kriegsgefangenschaft eingeleitet werden. Bis auf weiteres müssen wir aber in einem Sandsteinbruch noch nützliche Arbeit verrichten, über welche ich höchst erstaunt bin. Es handelt sich nämlich um eine Anlage für Freiluftspringen von Fallschirmjägern von einer etwa 25 m hohen Felswand aus Sandstein. Unterhalb der Felswand ebnen wir eine Fläche, etwa halb so groß wie ein Fußballplatz, mit Hilfe von zwei Loren und einem Stück Feldbahngleise ein. Oberhalb der Felswand wird die Absprungplattform sorgsam vorbereitet. Noch mehr erstaunt bin ich darüber, dass mir aufgetragen wird, die Wucht des Aufpralls nach den Gesetzen des freien Falls zu errechnen, und zwar als Maßstab für das Auffangpolster; all dies müsste doch eigentlich eine Aufgabe von Militärexperten sein.

Im Sandsteinbruch

Wir sind durchweg guten Mutes bei der Arbeit, werden nicht gedrängt und schieben bisweilen eine ruhige Kugel; zudem ist ja die Entlassung angekündigt worden. Sonntagmorgens bin ich freigestellt zum Arbeitseinsatz bei einem Kleinbauern. Nach drei Stunden Feldarbeit gibt es dann als Entgelt ein wahrhaft fürstliches Essen mit Silberbesteck. In der Wohnkultur und auch bei Ordnung und Sauberkeit ist zwar manches im Argen, umso mehr besitzen aber das Zubereiten der Hauptmahlzeit und der anschließende genießerische Verzehr den mit Abstand höchsten Stellenwert im Alltag. Ansonsten habe ich mehrmals Gelegenheit, Oliven zu ernten und damit ein paar Francs zu verdienen.

Die vage Hoffnung auf Heimkehr scheint sich zu erfüllen; alle Saarländer der Region werden per Telegramm in ein Sammellager bei Villeneuve an der Rhone, gegenüber von Avignon, beordert. Ich bin der Einzige von unserer Arbeitskolonne in Pleurtuit, dem dieses Glück beschieden ist; ich bemitleide meine Kameraden, aber sie sind zuversichtlich, dass sie in Bälde folgen werden.

Die Bevorzugung von uns saarländischen Kriegsgefangenen geschieht vornehmlich auf Initiative des damaligen französischen Gouverneurs Gilbert Grandval, dürfte aber auch als Geste der Pariser Regierung an die Bevölkerung zu verstehen sein mit begehrlichem Blick auf die Schwerindustrie an der Saar. In einer langgestreckten Holzbaracke sind etwa 150 »Prisonniers de la Sarre« (Kriegsgefangene aus dem Saarland) untergebracht. Die Stimmung ist ausgezeichnet und Neuigkeiten aus der Heimat liefern reichlich Gesprächsstoff, nur schade, dass ich niemand aus meinem Wohnort antreffe. Manch einer hat auf seinen Mützenrand gut sichtbar »Sarre« eingedruckt oder eingestickt. Ich bin höchst erstaunt darüber, möchte aber heute, über ein halbes Jahrhundert später, nicht beginnen über Beweggründe zu diesem Schritt zu polemisieren.

7.2.3 Im Sammellager für Saarländer und die Heimkehr

Die Sehnsucht nach Heimkehr prägt nun verstärkt den Alltag. Man vergisst Vergangenheit und Gegenwart und halbträumend ist man nur mit der Gestaltung der Zukunft beschäftigt. Einige Wochen vergehen, aber nichts Besonderes tut sich in Bezug auf das Ende der Gefangenschaft. Tagsüber haben wir Feldwege auszubessern und arbeiten in den Weinbergen. Wir erhalten dafür einen geringen Sold in Form von besonderem Kriegsgefangenen-Geld. Unsere Verpflegung ist wohl einigermaßen zufriedenstellend, aber wenig abwechslungsreich; vor allem vermissen wir frisches Obst. Was liegt näher, als in dem mit Obst- und Gemüseplantagen reich bestückten Rhonetal zu versuchen, sich selbst zu bedienen?

In Grüppchen mit je vier bis sechs mutigen Kameraden gehen wir nachts auf die Pirsch, äußerst behutsam und vorsichtig und keine Geräusche verursachend. Mit Vorliebe ernte ich Tomaten und Erdbeeren sowie Pfirsiche und Aprikosen. Im Juli beginnt schon die Ernte frühreifer köstlicher Weintrauben. Ab und zu wird es uns leicht gemacht, indem wir uns der bereitstehenden Vorabendernte des Bauern bedienen. Wir eignen uns nie mehr an, als wir in zwei bis drei Tagen verzehren können. Unsere Pirschgänge verlaufen ohne Zwischenfälle, auch wenn uns manchmal ein Hund wittert und anfängt zu bellen. Um unser Vortasten im Gelände zu erleichtern und um Eventualitäten vorzubeugen, verfügt ein jeder über einen kräftigen Stock. Allzu verständlich, dass die Zurückgebliebenen lange Gesichter machen, wenn wir uns Obst und Tomaten gut schmecken lassen. Es gibt eben viele Menschen, die vor lauter Wenn und Aber jedes noch so kleine abwägbare Risiko scheuen.

Unsere Nachtausflüge in die Obstplantagen bekommen einen Dämpfer, als wir auf Nachtwachen, eine Art Bürgerwehr der Gemeinde, stoßen und uns daraufhin sang- und klanglos zurückziehen oder an anderer Stelle unser Glück versuchen. Eines Tages erscheint dann urplötzlich die Lageraufsicht mit Gemeindevertretern;

sie suchen in und unter unseren Betten, Spinden und in anderen vermuteten Verstecken nach Obst und Gemüse. Sichtlich enttäuscht verlassen sie letztlich ohne greifbares Ergebnis, trotz der überaus präzise durchgeführten Razzia, unsere Baracke. Wir sind stark erleichtert, dass das gutgetarnte Versteck unter dem Fußboden unentdeckt blieb und wir es weiterhin als Vorratslager verwenden können. Der Argwohn uns gegenüber bleibt aber offenbar bestehen, weil nämlich mit einbrechender Dunkelheit ein Doppelposten am Barackeneingang aufzieht.

Nach zwei Tagen überlisten wir die Wachposten, indem wir aus der Rückwand am anderen Barackenende drei Bretter herausbrechen. Durch dieses Schlupfloch starten wir dann wieder die Pirschgänge wie gewohnt. Ich rücke nur noch ein einziges Mal mit aus, weil ich einsehe, dass der Mundraub in diesem Umfang nicht gerechtfertigt ist und man unsererseits nicht von einer Art Notsituation reden kann. Noch ärger verhält es sich mit meinem Kameraden aus Hülzweiler, der ein verirrtes Lamm geschlachtet hat; natürlich bin ich ihm bei der Verarbeitung des Fleisches und der Entsorgung behilflich, mache aber zugleich deutlich, dass mir dies zu weit gehe. Das Verhältnis zwischen der Wachmannschaft und uns verschärft sich, zumal ein weiterer Kamerad von mir beim Brombeerpflücken am Wegrand durch einen gezielten Schuss schwer verwundet wird.

Wochen, ja Monate vergehen und nichts rührt sich hinsichtlich der angekündigten Heimkehr; das Stimmungsbarometer sinkt beträchtlich. Niedergeschlagenheit breitet sich aus und geht bei Einzelnen in Lethargie über. Trotz allem bin ich zuversichtlich und finde eine willkommene Abwechslung in der reichhaltigen Gefangenen-Bibliothek mit schöngeistiger Literatur. Nachts werde ich oftmals von Wanzen regelrecht gepeinigt. Ich schlafe im Unterteil des hölzernen Doppelbettes. Die Wanzen lassen sich instinktiv vom Oberbett auf meinen Arm, mein Gesicht oder eine sonstige Körperstelle herabfallen und saugen sich satt. Erst wenn die Stichstelle anschwillt und starken Juckreiz verursacht, werde ich wach;

zumeist sind dann aber die Plagegeister bereits verschwunden und hinterlassen einen widerlichen Geruch. Etwa alle vier Wochen bringen wir unsere Betten ins Freie und brennen jeden Ritz in den Holzverbindungen leicht an, hierdurch werden wir für einige Zeit von den Schmarotzern in Ruhe gelassen.

Erwähnenswert ist noch der Einsatz von uns Gefangenen zur Eindämmung eines weitflächigen Waldbrandes am Fuße des nördlich gelegenen Mont Ventoux. Für ein Entfliehen und dann Nach-Hause-Trampen bestehen dort gute Chancen, aber was bringt mir dies in der Auslaufzeit der Gefangenschaft, da ich keinen Entlassungsschein vorweisen kann und Name mit Anschrift bekannt sind? Im Spätherbst erleben wir den berüchtigten Mistral, den »König der Winde«, der mit ungeheurer Stärke das Rhonetal hinunterfegt und einen Kälteeinbruch mitbringt. Er tyrannisiert das Land und seine Bewohner und geht auch uns stark auf die Nerven.

Entgegen allen Voraussagen und Ankündigungen verbleiben wir über ein halbes Jahr bis Anfang 1947 im Lager Villeneuve, bis endlich die Vorbereitungen zur Entlassung ernsthaft anlaufen. Eine allgemeine Aufbruchsstimmung zeichnet sich ab; jeder beginnt seine wenigen Utensilien zu ordnen, zu reinigen oder zu waschen. Auf dem weiten Weg nach Hause müssen wir aber noch mit zwei Zwischenstationen mit je achttägigem Aufenthalt vorliebnehmen. Alle saarländischen Kriegsgefangenen in Südfrankreich werden zunächst in ein Sammellager bei Sorgues, acht Kilometer nördlich von Avignon, überführt. Dort erfolgt abermals eine Registrierung und dann geht es mit der Eisenbahn in gedeckten Güterwagen Richtung Heimat. Währenddessen ist ein jeder mit sich selbst beschäftigt und bastelt sich sein eigenes Bild über seine Heimkehr. In der langen Nachtfahrt verhindern die angespannten Nerven und der Erwartungsdruck einen erholsamen Schlaf.

Saaralben in Lothringen ist erreicht; als Entlassungslager ist schnellstens eine kleine Zeltstadt errichtet worden. In diesen letzten Tagen der Kriegsgefangenschaft werden wir bemerkenswert gut verpflegt. Ich treffe auch auf einige Heimkehrer aus Merchweiler; wir unterhalten uns ergiebig über die dortigen Neuigkeiten und den weiteren Ablauf. Täglich werden über Radio den Angehörigen Name und Ankunftszeit eines jeden angegeben. Am 3. Februar 1947 ist es dann so weit. Etwa 300 Heimkehrer besteigen in Saaralben einen aus Personenwagen bestehenden Sonderzug. Gegen Mittag fährt unser Zug in den Saarbrücker Hauptbahnhof ein.

Manch einem stehen die Tränen in den Augen aus Dankbarkeit darüber, nach einem mehrjährigen Leidensweg voller Gefahren und Entbehrungen wieder Heimatboden als freier Mann betreten zu dürfen. Ich selbst war über fünf Jahre Soldat, eine lange Zeit, eine verlorene Zeit in der vollen Blüte meines Lebens, und trotz allem glücklich und zufrieden, den grausamen Krieg überlebt zu haben. Wir verlassen den Hauptbahnhof durch den publikumsfreien Westausgang und werden zunächst im nahen Kantinenraum kurz begrüßt und beköstigt. Erst danach kann ich in der draußen wartenden großen Menschenmenge meine sehnsüchtig wartende Frau und meine Eltern in die Arme schließen.

Festlicher Empfang der Heimkehrer

Mit nachstehendem Schreiben (Auszug) der Militärregierung wird den entlassenen Kriegsgefangenen fürsorgliche Unterstützung zugesagt. Als äußeres Zeichen erhält jeder ein höchst willkommenes Lebensmittelpaket und ein jeder wird komplett neu eingekleidet. Die Gründe, warum die französische Regierung die saarländischen Kriegsgefangenen gegenüber den anderen deutschen Gefangenen bevorzugt behandelt hat, interessierten mich damals recht wenig.

Militärregierung des Saarlandes

An die aus der Kriegsgefangenschaft entlassenen
Saarländer! (Auszug)
Obwohl der Friede noch nicht geschlossen ist und viele Tausende Männer weiterhin noch recht lange Zeit in Kriegsgefangenschaft verbleiben müssen, hat Frankreich sich entschlossen, Euch die Freiheit wiederzugeben.
Wie oft habt Ihr diese Rückkehr zum heimatlichen Herd in den Lagernächten im Traume erlebt! Nun weilt Ihr wieder, nach zwei Jahren langen Wartens, in Eurer saarländischen Heimat, die seit Wochen Vorbereitungen getroffen hat, um Euch zu empfangen.
Diese Eure Heimat ist zweifellos verschieden von jener, die Ihr seinerzeit verlassen habt. Manches Haus, manches Denkmal und manchen Freund werdet Ihr vergeblich suchen. Statt ihrer werdet Ihr zahllose Ruinen und viele Gräber finden, die Zeugen eines Krieges sind, dessen Werkzeuge und Opfer Ihr gewesen seid. Die Kaufleute unter Euch werden ihre Geschäfte nicht mehr vorfinden, die Arbeiter werden auf Fabriken stoßen, die zerstört sind oder noch stilliegen. Welcher Anblick aber hätte sich Euch geboten, wäret Ihr früher heimgekehrt!
Es ist selbstverständlich, daß ein total ruiniertes Land wie das Eurige nicht von heute auf morgen wieder auferstehen kann.

Zahllos sind die Probleme, die es zu lösen gilt. Das wichtigste von allem, besonders in diesem strengen Winter, ist die Ernährung. Sie kann nur mit Hilfe Frankreichs geregelt werden und zwar sobald der normale Austauschverkehr zwischen der lothringischen und der saarländischen Wirtschaft, die sich gegenseitig ergänzen, wieder aufgenommen wird.

Alle diese Probleme, die durch die Kälte dieses Winters schärfer fühlbar werden, dürfen Euch aber bei Eurer Rückkehr nicht entmutigen. Es ist eben Winter, aber Ihr kehrt heim! Euer Kommen ist für Eure Familien bereits ein Anzeichen des kommenden Frühlings. Ihr sollt uns helfen, den von uns bereits begonnenen Wiederaufbau zu vollenden. Ihr könnt auf unsere fürsorgliche Unterstützung rechnen, so wie wir auf Eure Mitarbeit und Euren guten Willen bauen. Wir haben Euch aus den Lagern herausgeholt, nun wollen wir Euch bei Eurer Rückkehr helfend zur Seite stehen. Ein jeder von Euch wird von der Militärregierung erhalten:

1 Paket mit folgendem Inhalt:	*sowie folgende Kleidungsstücke:*
1 Kilo Trockengemüse	*1 Anzug*
1 Kilo Bohnenmehl	*1 Oberhemd*
1 Kilo Mehl	*1 Unterhose*
1 Kilo Büchsenfleisch	*1 Paar Socken*
125 gr. Butter	*1 Paar Schuhe*
125 gr. Käse	
2 Päckchen Zigaretten	
10 Bouillon Würfel	
1 Gutschein für 3 l Wein	

Benötigt Ihr irgend einen Rat, eine Hilfe, so wendet Euch, sofern Ihr in Saarbrücken wohnt, an die Militärregierung, Zimmer Nr. 30D (Eingang Tor F), andernfalls an den zuständigen Kreisdelegierten.

Mit Hilfe Frankreichs, dem Ihr die Freiheit verdankt, werdet Ihr Euch aus dem tiefen Elend wieder herausfinden, in das Euch der Krieg gestürzt hat. Genau so, wie heute die Stunde der Befreiung schlägt, so wird ohne Zweifel in nicht allzu ferner Zeit der Tag kommen, an dem die Glocken aller Kirchen an der Saar für Euch alle die Stunde des wiedererlangten Wohlstandes einläuten werden.

Saarbrücken, den 15. Januar 1947

8   Nachwort zum 2. Weltkrieg

Meine Kriegserlebnisse im 2. Weltkrieg dokumentieren in mannigfaltiger Weise, wie man als Soldat in das Kriegsgeschehen eingebunden ist, ob in der Heimatgarnison, an der Front oder in der Gefangenschaft. Sie gelten in ähnlicher Weise für die Mehrzahl der deutschen Soldaten, auch wenn ein jeder seinen eigenen Weg gegangen ist. Der Kriegsalltag ist zumeist geprägt von Ängsten, Sorgen und einem ständigen Kampf ums Überleben. Meine Ausführungen sollen mit dazu beitragen, noch vorhandene Vorurteile abzubauen. Diese Vorurteile beziehen sich zumeist auf Kriegsverbrechen jeglicher Art in osteuropäischen Ländern. Die Exekution feindlicher Zivilisten erfolgte jedoch zumeist nicht von Angehörigen der Wehrmacht, sondern von mobilen Einsatzgruppen, die von der Sicherheitspolizei aufgestellt wurden und in eigener Verantwortung handelten. Gleichwohl wurde durch den Barbarossa-Gerichtsbarkeitserlass Hitlers die Aburteilung »feindlicher Zivilisten« der Militärjustiz entzogen und in das Ermessen des Truppenführers gestellt. Der OB des Heeres von Brauchitsch erinnerte zwar in einem Tagesbefehl an die Wahrung der »herkömmlichen Manneszucht«, dennoch kam es zu einer Reihe von Verbrechen durch die Wehrmacht. Meine Generation – abgesehen von besessenen Nationalsozialisten – ist, obwohl sie laufend mit nationalsozialistischem Gedankengut übersät wurde, von menschlichen Tugenden und Idealen der Menschenwürde ebenso durchdrungen wie die Nachkriegsgeneration. Kriege gibt es seit Menschengedenken und Kriege wird es weiterhin geben, weil Machtstreben, Hass und Gewalt auf dieser Erde größer sind als Liebe, Fürsorge, Vertrauen und Gerechtigkeit. Ein jeder Krieg bringt unsäglich viel Leid in viele Familien. Mögen die 7,8 Millionen deutscher Kriegsopfer in steter Erinnerung bleiben; darunter sind auch eine Reihe von Kriegsverbrechen an wehrlosen deutschen Männern, Frauen und Kindern. Die insgesamt 55 Millionen

Toten des 2. Weltkrieges mögen als Mahnung und zugleich als Abschreckung in ein hoffnungsvolles Friedenssymbol übergehen. Ich schließe in der Hoffnung, dass künftige Generationen auf der Suche nach der Wahrheit die Leiden und Opfer auch unserer Kriegsgeneration erkennen und nicht nur die Auswüchse im Kriegsgeschehen als Wertmaßstab heranziehen.

9 Der vorprogrammiert verlorene 2. Weltkrieg

9.1 Deutsche Rüstungsindustrie zu schwach

Eine wichtige Grundlage für eine erfolgreiche Kriegsführung bildet eine überlegene, gesicherte Rüstung. Die deutsche Rüstungsindustrie blieb gegenüber den Alliierten aber stets im Hintertreffen, und deren Industriekapazität lag bereits vor Umstellung auf Kriegswirtschaft wesentlich höher als die im Deutschen Reich. Der Ausstoß der deutschen Rüstung betrug 1944 nur etwa 30 % gegenüber der Produktion der Alliierten. Dies ist umso erstaunlicher, als sich der Produktionsindex der deutschen Rüstungsindustrie aufgrund der Ausschöpfung aller Ressourcen und des Einsatzes von mehreren Millionen Zwangsarbeitern von 1939 bis 1944 verfünffachte.

Einen sehr wichtigen Teil der Rüstungsindustrie bildeten die Flugzeugwerke und Panzerfabriken. Der Unterschied zu den höheren Produktionszahlen der Alliierten klaffte mit zunehmender Kriegsdauer immer weiter auseinander. Die Lufthoheit ging verloren, was zu unsagbar tragischen Folgen bei der kämpfenden Truppe und der Zivilbevölkerung führte. Die einst so gefürchtete deutsche Panzerwaffe versank Zug um Zug in ein kümmerliches Dasein.

9.2 Hitler als oberster Feldherr total versagt

Hitler als Diktator und Feldherr zwang die Schaltstellen des riesigen Machtapparates, nach seinem Willen zu handeln, zu kämpfen. Seine militärische Bildung beruhte auf Erfahrungen als Gefreiter im Stellungskrieg des 1. Weltkrieges und auf dem militärischen Umfeld. Es fehlte eine Generalstabsausbildung, ein Mangel, der zunehmend die sich anbahnende Niederlage beschleunigte.

Hitler degradierte quasi seine Feldmarschälle zu Handlangern und ignorierte fast stets ihre Warnungen, Empfehlungen und Forderungen. Typische Fehlentscheidungen: Haltebefehle bei der Einkesselung französisch-britischer Truppen im Raum Dünkirchen oder die vergebliche Warnung vor zwei etwa zeitgleichen Großoffensiven nach Stalingrad und in den Kaukasus Richtung Kaspisches Meer oder der Verzicht auf die Eroberung Maltas mit der Folge, dass die Briten jeglichen Nachschub für das deutsche Afrikakorps bei Tobruk verhinderten, was zu dessen Rückzug und Niederlage führte.

Hitlers Devise »Halten um jeden Preis« entspringt wohl seinen Erfahrungen im 1. Weltkrieg, sie hatte aber im Zeitalter des Bewegungskrieges nicht mehr die überragende Bedeutung. Kapitulationen in aussichtsloser Lage wurden unterbunden oder als »Feigheit vor dem Feinde« geahndet (Beispiel Stalingrad und Königsberg). Hitler hatte sich im Russlandfeldzug nicht an die vertraglichen internationalen Verpflichtungen bei der Landkriegsführung gehalten. Die Sowjetunion bot nach Beginn des Feldzuges Hitler an, dass sie die Verträge anerkennt, sofern sich Hitler auch daran hält. Eine deutsche Antwort blieb aus und eine grausame Behandlung der deutschen und sowjetischen Kriegsgefangenen war die Folge.

9.3 Unerwartet große Partisanentätigkeit

Eine weit unterschätzte Variante der Kampfeinsätze auf fast allen Kriegsschauplätzen bildete der mit großer Erbitterung geführte Partisanenkrieg. Die Partisanen kämpften aus dem Hinterhalt mit List und Tücke. Sie fanden Sympathien bei der Bevölkerung und brachten manchmal deutsche Verbände in arge Bedrängnis. Im Abschnitt 4. schildere ich meinen Einsatz bei der »Bandenbekämpfung« (der von der Wehrmacht verwendete Ausdruck) in

Bosnien. Letztlich förderten die Partisanenaktivitäten vor allem in Russland einen zügigen Vormarsch der alliierten Truppen.

Anfang 1944 operierten hinter den deutschen Linien in Russland 250.000 Partisanen, eine enorm starke Kampfgruppe. Im Jahr 1943 brachten die dortigen Partisanen etwa 9.000 Transportzüge zum Entgleisen, wobei etwa 6.000 Lokomotiven und 40.000 Wagen beschädigt oder zerstört wurden. Überaus rege Partisanenaktivitäten machten auch in Frankreich den deutschen Truppen viel zu schaffen. Dies zeigt sich im Frankreichfeldzug in der hohen Vermisstenquote; von den etwa 45.000 deutschen Gefallenen entfallen nämlich 40 % auf Vermisste, ein Wert, der anderswo kaum so hoch ist und vornehmlich auf gekidnappten deutschen Soldaten beruht.

Es ist auffallend, dass im besetzten Deutschland fast keine Partisanen registriert wurden. Dies ist andererseits aber verständlich, denn das kriegsmüde, leidgeprüfte deutsche Volk, das in den turbulenten Tagen vor und nach Kriegsende die Hitlerdiktatur vollends verteufelte, suchte Frieden um jeden Preis und wollte keinen gewaltsam erkämpften neuen Patriotismus.

9.4 Entschlüsselung des deutschen Funkcodes

Im April 1940 gelang den Briten die für unmöglich gehaltene Entschlüsselung des deutschen Funkcodes. Dieses größte Kriegsgeheimnis der Welt wurde erst 1974 enthüllt. Der gesamte Funkverkehr der Wehrmacht konnte hierdurch von den Briten mitgelesen werden und dies führte zum Gelingen zahlreicher britischer kriegsentscheidender Unternehmen, u. a. des Durchbruchs bei El Alamein, der Invasion in der Normandie und der Jagd auf die Bismarck.

Die deutsche Führung war bis Kriegsende davon überzeugt, dass ihre Funksprüche nur durch Verrat oder Sabotage in die Hände der Briten gelangten. Aus Angst vor Verrat erfolgte der deutsche Aufmarsch für die Ardennenoffensive unter absoluter Funkstille. Die Briten hatten für die Entschlüsselung und Aufbereitung des deutschen Funkverkehrs etwa 6.000 Mitarbeiter eingesetzt; sie arbeiteten unter strengster Geheimhaltung.

10 Die Wehrmacht in den Händen Hitlers

10.1 Oberbefehlshaber in Ungnade

Eine durchgeführte Untersuchung über das Verhältnis der Oberbefehlshaber bei den drei Wehrmachtsteilen – Heer, Marine und Luftwaffe – (außer SS-Kommandeuren) zu Hitler, ihrem unmittelbaren Vorgesetzten, führt zu einem aufschlussreichen Ergebnis. Es handelt sich vorwiegend um OB von Heeresgruppen und Armeen beim Heer sowie um gleichrangige Kommandeure bei der Marine und der Luftwaffe.

Die Studie zeigt, dass entgegen vielfachem Gerede etwa drei Viertel der obersten Generalität offene Kritik an der Kriegsführung geübt hatte oder durch Rückschläge in Ungnade bei Hitler gefallen war. Er reagierte recht unterschiedlich auf dieses Verhalten und verlangte vor allem in der Endphase eine harte Bestrafung. Über ein Drittel der Oberbefehlshaber beging Selbstmord oder wurde hingerichtet. Diese erschütternd hohe Quote ist Ausdruck des Mutes und der Hingabe, aber auch der Verzweiflung im Kampf gegen die Hitlerdiktatur mit einer durch Kriegsverbrechen und Fehlentscheidungen gekennzeichneten Kriegsführung.

Eine Anzahl OB führte sicherlich eine versteckte Kritik an Hitler, ohne dies nach außen kundzutun, und nur wenige standen mit Leib und Seele Pate für den Nationalsozialismus, allen voran Generalfeldmarschall Keitel, der nach dem Frankreichfeldzug Hitler als »den größten Feldherrn aller Zeiten« feierte.

SS-Führer als OB einer Armee bilden die große Ausnahme. Himmler und Wolf, zwei tragende Säulen der SS, fielen gegen Kriegsende in Ungnade bei Hitler; sie führten in der Endphase Kontakte mit den Westalliierten wegen eines Waffenstillstands. Himmler beging Selbstmord und Wolf erhielt Haftstrafen.

10.2 Militärgerichte/Feldgerichte

Die Militärjustiz fällte an Angehörigen der Wehrmacht insgesamt über 40.000 Todesurteile, von denen 70–80 % vollstreckt wurden. Es handelt sich durchweg um Delikte, die im 1. Weltkrieg oder bei den Westalliierten keinesfalls mit der Höchststrafe geahndet wurden oder die oftmals straffrei blieben. Bei den westlichen Armeen gab es insgesamt etwa 300 Hinrichtungen, zumeist wegen Mordes. Nach dem Krieg wurde kein Angehöriger der Unrechtsjustiz zur Rechenschaft gezogen, und die Angehörigen der Opfer erhielten nur in seltenen Fällen eine Entschädigung.

Gegen Kriegsende waren neu gebildete fliegende Sondergerichte an der Tagesordnung; sie sorgten für »die Aufrechterhaltung der Kampfmoral und Disziplin« und standen wegen ihrer zahlreichen Todesurteile sehr in Verruf.

10.3 Zwanzigster Juli 1944

Nach mehreren vergeblichen Anläufen in den Vorjahren kam das Attentat am 20. Juli 1944 im Führerhauptquartier Wolfsschanze bei Rastenburg zur Ausführung, aber Hitler überlebte. Trotz generalstabsmäßiger Vorbereitung scheiterte das Attentat aufgrund einer Reihe widriger Umstände. Hitler befahl eine grausame Verfolgung der Verschwörer und zitierte die gesamte Widerstandsbewegung vor den gefürchteten Volksgerichtshof. In den ersten Monaten nach dem Attentat wurden von der Blutjustiz des Gerichtshofes bereits rund 200 Verschwörer hingerichtet und es erfolgten rund 7.000 Verhaftungen. Außerdem begingen zahlreiche Anhänger des Widerstands Selbstmord.

Nachstehend das Schicksal von drei bekannten Verschwörer-Generälen:

- Rommel gilt als der populärste deutsche Heerführer. Er beschwor Hitler wegen der noch möglichen Rettung des Afrikakorps und dann, vor der Invasion in der Normandie, den aussichtslosen Krieg zu beenden. Wegen seiner Verbindung zum militärischen Widerstand wurde Rommel zum Selbstmord gezwungen, erhielt aber – kaum zu glauben – ein Staatsbegräbnis.
- Stülpnagel, Militärbefehlshaber in Frankreich und Widerstandskämpfer, ließ am 20. Juli 1944 in Paris 1.200 SS- und SD-Angehörige festnehmen, musste sie am folgenden Tag freilassen und wurde nach Berlin beordert. Bei Verdun, wo er im 1. Weltkrieg gekämpft hatte, versuchte er Selbstmord zu begehen. Er schoss sich aber nur blind und wurde am 30. August 1944 hingerichtet.
- Speidel pflegte gute Beziehungen zum militärischen Widerstand. Er konnte aber nach seiner Verhaftung am 5. September 1944 die Verbindung zu den Verschwörern erfolgreich verschleiern. Speidel war von 1957–63 Oberbefehlshaber der NATO-Landstreitkräfte Mitteleuropa.

10.4 Mordbefehle Hitlers

10.4.1 Durchführung der Befehle

Mordbefehle gelten als Kriegsverbrechen. Diese Befehle an die kämpfende Truppe wurden vielfach entweder nicht oder nur zögernd weitergegeben. Gefangene Gegner oder feindliche Zivilisten, die gemäß den Mordbefehlen zu erschießen waren, sollten dem Sicherheitsdienst der SS (SD) oder dessen mobilen Einsatzgruppen zur Exekution überstellt werden. Die Einsatzgruppen führten auch die barbarischen Säuberungsaktionen in den besetzten Gebieten durch. Die Waffen-SS, die nach dem Kommando der Wehrmacht operierte, vollbrachte wohl manche militärische Glanzleistung, kam aber wegen Ausschreitungen gegenüber Gefangenen und Zivilisten in Verruf. Sie verfügte am Kriegsende über rund 600.000 Mann und war weder rechtlich noch nach ihrer Historie ein »vierter« Wehrmachtsteil. Die gesamte SS wurde vom internationalen Militärtribunal als verbrecherische Organisation verurteilt.

10.4.2 Aufzählung der Mordbefehle

a) Intelligenz-Aktion in Polen
Nach dem Polenfeldzug wurde die Liquidierung der Intellektuellen durch Einsatzgruppen angeordnet. Bereits bis zum 20. November 1939 fielen der Aktion etwa 60.000 Polen zum Opfer.

b) Barbarossa-Gerichtsbarkeitserlass vom 13. Mai 1941
Die Aburteilung »feindlicher Zivilisten« im Bereich des Ostfeldzuges wird in das Ermessen des jeweiligen Truppenführers gestellt. Dies führte öfter zu verwerflichen Willkürakten und auch zu »kollektiven Gewaltmaßnahmen«.

c) Kommissarbefehl
Nach dem kurz vor Beginn des Russlandfeldzuges erlassenen Befehl sind gefangene politische Kommissare auf dem Gefechtsfeld zu erschießen. Der Befehl wurde nach heftigen Protesten der Truppe im Mai 1942 außer Kraft gesetzt.

d) Ausrottung des jüdischen Volkes
Es ist nicht genau feststellbar, wann Hitler den Befehl zur Ermordung der in den Ländern seines Machtbereichs ansässigen Juden gab, vermutlich 1942.

e) Kommandobefehl vom 8. Oktober 1942
Terror- und Sabotagetrupps sind zu vernichten. Gefangene Kommandosoldaten sind dem SD zu überstellen, der das Erschießen veranlasst.

f) Kugelerlass vom 4. März 1944
   Geflüchtete und wiederergriffene Kriegsgefangene (ausgenommen britische und amerikanische) sind dem KZ Mauthausen zuzuführen und zu erschießen.
g) Befehl zur Erschießung von 1.600 Geiseln am 24. März 1944
   Hitler verlangte als Repressalie für 32 bei einem Anschlag getötete deutsche Soldaten die Erschießung von 50 Geiseln für einen getöteten Soldaten; OB Kesseling gelang es, diese Zahl auf 10 herabzudrücken. Die Exekution erfolgte in den hierdurch bekannt gewordenen Ardeatinischen Höhlen am südlichen Stadtrand von Rom.

Anmerkung: Der Staatssicherheitsdienst der SS (SD mit Gestapo) handelte quasi als eigenständige Institution, ausgestattet mit Vollmachten ohne Recht und Gesetz; die völlig rechtlosen Häftlinge unterlagen einer grausamen Willkür. Der SD, als einzige Instanz, war zugleich Ermittler, Ankläger, Richter und Vollstrecker.

10.5 Judenverfolgungen

Mit der Machtübernahme 1933 begann entsprechend dem Parteiprogramm Zug um Zug die Entrechtung der Juden mit dem Ziel, Deutschland judenfrei zu machen. Von den über 500.000 Juden Anfang 1933 emigrierten bis Kriegsbeginn etwa 260.000 in andere Länder.

Am 9./10. November 1938, der Reichskristallnacht, begann eine neue Phase von Schikanen an Juden, ausgeführt von SA- und SS-Kommandos, die schließlich zum Holocaust führte. Erschüttert stand ich mit Mitbürgern an der lichterloh brennenden Saarbrücker Synagoge; die Feuerwehr musste untätig zuschauen und verhinderte lediglich ein Übergreifen der Flammen auf

Nachbargebäude. Durch die dortige Bahnhofsstraße rollte langsam ein Lkw mit mehreren Juden, die durch harten Trommelschlag auf sich aufmerksam machen mussten. An den Außenwänden des Lkws hingen Transparente mit Schimpf- und Schmutzworten über Juden, ein makaberer Anblick. Die Passanten schienen teilnahmslos und empfanden wohl Mitleid bei dem schändlichen Gehabe. Ein freundschaftliches Verhältnis zu Juden oder Einkaufen in jüdischen Geschäften wurde nun als unbedachter Schritt gegenüber »Volksfeinden« von NS-Instanzen registriert.

Mit Kriegsbeginn begann in den besetzten Gebieten die vom SS-Sicherheitsdienst (SD) durchgeführte grausame Säuberung von »reichsfeindlichen Elementen«, darunter zahlreichen Juden; sie mussten zudem zusammengepfercht in Ghettos unter menschenunwürdigen Bedingungen ihr Dasein fristen. Als vermutlich 1942 Hitler die Ausrottung der europäischen Juden befahl, begann ihr unbeschreiblicher Leidensweg, der in den Gaskammern endete. In den besetzten Ländern half die heimische Miliz zum Teil eifrig mit, die Juden aufzuspüren. Auch die Bevölkerung war mancherorts an den Aktionen beteiligt. Höchst bemerkenswert war vor einigen Jahren die Äußerung eines volksdeutschen Handwerkers aus Weißrussland über das Kriegsgeschehen in seiner Heimat; er sagte mir, dass er dankbar sei für Hitler, denn dieser beseitigte die Juden.

Bei meiner Polenreise 1955 besuchte ich auch zwei Juden-Gedenkstätten:

a) An den Warschauer Ghetto-Aufstand im April/Mai 1943 erinnerte außer einem Denkmal ein Kanaldeckel. Er ist die einzige Stelle, wo die verzweifelt sich zur Wehr setzenden 60.000 Juden noch Verbindung zur Außenwelt hatten, aber jede flehentlich erbetene Hilfe wurde ihnen versagt.

b) In dem zum KZ Auschwitz gehörenden Vernichtungslager Birkenau mussten vorwiegend Juden aus ganz Europa den schrecklichen Gang in die Gaskammern antreten; es ist ein Ort des Grauens. Die Todgeweihten waren in Baracken auf engem Raum zusammengepfercht unter beispiellos primitiven Lebensbedingungen. Die Schätzungen reichen bis 3 Millionen Ermordete. Es ist fast unfassbar, dass Präsident Roosevelt die Bombardierung und damit die Lahmlegung der nach Auschwitz führenden Eisenbahnstrecken versagte, obwohl die US-Luftwaffe die um Auschwitz angesiedelten Rüstungsbetriebe angriff. Präsident Bush hat 2008 die Entscheidung von Roosevelt als falsch bezeichnet.

10.6 Weitere wenig bekannte Hintergrundinformationen

a) Erste Kriegshandlung im 2. Weltkrieg
Am Abend des 31. August 1939 besetzte ein SS-Kommando, das als polnische Superpatrioten getarnt war, den grenznahen deutschen Sender Gleiwitz und ließ einen polnischen Aufruf im Kampf gegen Deutschland verlesen. Der fingierte Überfall kostete die »Angreifer« einen Toten, einen getöteten KZ-Häftling in polnischer Uniform. Die Aktion stieß im Ausland auf große Skepsis, diente aber Hitler dazu, wenige Stunden später als Akt der »Notwehr« in Polen einzubrechen.

b) Die wundertätige Schwarze Madonna von Tschenstochau
Bei meinem Polenbesuch 1955 erzählte der uns begleitende Mönch an der Marienkapelle des Paulinerklosters mit dem Gnadenbild der Madonna die folgenden kaum zu glaubenden Geschehnisse kurz nach Ende des Polenfeldzuges: *Im Spätherbst 1939 erscheint urplötzlich ein SS-Kommando mit 25 SS-Leuten. Wir ahnen nichts Gutes und fürchten um unser Leben. Nach kurzem Gespräch mit dem Abt durchsuchen sie eingehend jede Räumlichkeit des großen Baukomplexes vom*

Keller bis zum Dach. Wir vermeiden tunlichst jegliche Äuße-
rung und verbleiben im stillen Gebet. Unser Abt sagt kein Wort
über Zweck und Ergebnis des Geschehens. Nach drei Wochen
friedlicher Ruhe erscheint wie aus heiterem Himmel Adolf Hitler
mit seinem engsten Stab. Er selbst stellt sich vor die Ikone der
Schwarzen Madonna und verharrt stillschweigend und in sich
versunken circa zehn Minuten. Wir [die Mönche] sind schier
fassungslos; aber das Gedankenspiel von Adolf Hitler in diesen
zehn Minuten christlicher Frömmigkeit wird einem jeden ver-
borgen bleiben. Immerhin ist aber äußerst bemerkenswert, dass
während des ganzen Krieges kein deutscher Soldat das Kloster-
gebäude betreten hat und dass zahlreiche polnische Intellektuelle
und Juden hier Unterschlupf gefunden haben.

c) Die britischen Kanalinseln
   Bei der »Eroberung« der Kanalinseln durch deutsche Truppen
   vom 30. Juni bis 1. Juli 1940 wie auch bei der »Rückeroberung«
   durch die Briten am 9. Mai 1945 fiel kein einziger Schuss. Es
   bestand ein problemloses Nebeneinander mit der Bevölkerung
   und sie durfte sogar die britische Nationalhymne singen.

d) Angriff der Briten auf die französische Kriegsflotte
   Ein britischer Flottenverband führte am 3. Juli 1940 einen
   schweren Angriff auf die im Kriegshafen Mers-el-Kébir in
   Algerien liegenden, nur notdürftig gefechtsbereiten französischen Kriegsschiffe. Die französischen Opfer betrugen 1.297
   Mann. In der französischen Bevölkerung löste der Überfall
   einen tiefen Schock und eine große Verbitterung gegenüber ihrem vorherigen Verbündeten aus. Zudem förderte er
   entscheidend die Kollaboration mit den Deutschen.

e) Dora, das größte Eisenbahngeschütz
   Enorme Daten: Kaliber 80 cm, Länge der Granate 3,60 m,
   Rohrlänge 32,5 m, Gesamtgewicht 1.500 t, 3 Schuss pro
   Stunde, 4.000 Mann Bedienung, in fünf Zügen verfrachtet.
   Am 5. Juni 1942 erfolgte der erste Schuss auf die Seefestung

Sewastopol. Die Treffsicherheit war ungenau und kein entscheidender Beitrag zur Eroberung der Festung. Es blieb bei diesem einzigen Einsatz.

f) Freiwilligen-Verbände fremder Länder
Gegen Kriegsende standen insgesamt etwa 2 Mio. Ausländer aus besetzten und befreundeten Ländern, darunter auch unbewaffnetes Personal z. B. als Hilfswillige im Tross. Von den 29 SS-Divisionen bestanden allein 16 aus Ausländern. Sie wurden geködert unter dem Motiv zum Kampf gegen den Bolschewismus. Nach Kriegsende erfolgte in ihren Heimatländern zumeist eine blutige Abrechnung.

g) Die »Wunderwaffen« V1 und V2
Die beiden unbemannten Flugkörper V1 und V2 mit grundsätzlich verschiedenartiger Technik, die den »Endsieg« bringen sollten, erfüllten nicht die in sie gesetzten Hoffnungen. Von den insgesamt 22.679 eingesetzten Flugbomben V1 zielten 8.839 auf London. Viele Projektile versagten beim Start oder verfehlten ihr Ziel und sehr viele hatten die Flak oder Jäger abgeschossen. Die Einschläge mit beträchtlichen Schäden hatten militärisch keinerlei Bedeutung. Bei der schallschnellen Fernrakete V2, dem Ursprung der Weltraumraketen, war eine direkte Abwehr nicht möglich. Auf England wurden etwa 1.269 und auf kontinentale Ziele 1.739 Raketen abgeschossen. Etwa ein Drittel zerlegte sich beim Flug und die Treffsicherheit war ungenügend. Gleichwohl richteten die Einschläge wie bei der V1 erhebliche Schäden an.

h) Aufregung im Führerbunker am 28. April 1945
SS-Gruppenführer Fegelein gehörte als Verbindungsoffizier zur SS und als Ehemann von Gretel Braun, der Schwester der Hitler-Geliebten Eva Braun, zum engsten Kreis um den »Führer«. Als Hitler von Kontakten Himmlers zu den Westalliierten erfuhr, beschuldigte er Fegelein als vermeintlichen Mitwisser und ließ ihn erschießen.

i) Deutsche Kriegsgefangene in Westdeutschland
Bei Kriegsende (8. Mai 1945) befanden sich etwa 900.000 Gefangene in Lagern der Westalliierten in Westdeutschland. Bei der Teilkapitulation deutscher Verbände mit den Briten am 5. Mai 1945 wurden 1.420.000 Mann (außer Waffen-SS) den Internierungsräumen in Nord- und Nordwestdeutschland zugeführt.

j) Milch, Generalinspekteur der Luftwaffe
Seine jüdische Abstammung ignorierte Göring mit den Worten »Wer Jude ist, bestimme ich«. Das Verlangen von Milch, die Luftstreitkräfte vor allem gegen die stetig anwachsenden Bomberströme einzusetzen, stieß bei Hitler/Göring auf Ablehnung. Aufgrund der ihm angelasteten enormen Misserfolge der Luftwaffe 1943/44 fiel er dann in Ungnade bei Hitler.

11   Schlussbetrachtung

Das eigene Erleben der Hitler-Ära prägt den Text des Buches; ich war anfangs über sie erstaunt, dann enttäuscht und schließlich verzweifelt über ihren Terror. Bislang wurden vorwiegend Einzelschicksale in der Literatur dargestellt und über eigenes Erleben in der Hitlerjugend oder in vorderer Linie auf dem Schlachtfeld kaum berichtet. Der Text gilt in weitem Umfang für einen Großteil der Kriegsgeneration.

Obwohl das Saarland, mein Heimatland, erst 1935 nach überwältigendem Abstimmungsvotum in das Deutsche Reich zurückkehrte, war es stets auf Gedeih und Verderb mit seinem Vaterland verbunden. Die Ende der 20er Jahre ausgelöste Weltwirtschaftskrise verursachte viel Not und Elend. Als Retter aus der Krise schaffte Adolf Hitler Arbeit und Brot und gewann damit schnell die Herzen aller Schichten der Bevölkerung; auch das Ausland zollte Hochachtung. Vorhandene politische Gegner wurden aber mundtot gemacht oder sie emigrierten; von diesen Geschehnissen erfuhr man sehr wenig. Den wirtschaftlichen Aufstieg in Deutschland verfolgten wir Saarländer mit Neid, denn dieser Segen kam uns erst 1935 nach der Heimkehr zugute. In der Hitlerjugend fand ich in der Nachrichtengruppe eine willkommene Betätigung; weltanschauliche Schulung interessierte wenig, aber Geländespiele standen obenan.

1938/39 zeigten zwei Geschehnisse das wahre Gesicht Hitlers und erschütterten den Glauben an eine gesicherte, lebensfrohe Zukunft und an ein friedliches Zusammenleben. Zum einen wurden in der Reichskristallnacht am 8./9. November 1938 die Synagogen zerstört und jüdische Geschäfte geplündert sowie in verabscheuenswürdiger Weise die Entrechtung der Juden fortgesetzt, was wir hilflos hinnehmen mussten und was uns sehr schmerzte. Zum anderen weckte die angelaufene nimmersatte Expansionspolitik arges Misstrauen in den angeblich dem Frieden dienenden außenpolitischen Kurs; zudem schürte dieser Kurs Befürchtungen vor einem bevorstehenden leidvollen Krieg.

Im August 1941 zog ich in einem Nachschubtross zu der in Russland kämpfenden Truppe. Keine Begeisterung, aber erkannt als notwendiges Übel zur Bannung der bolschewistischen Gefahr für Europa, zumal auch Papst Pius XII. sich äußerte: »Lieber Faschismus als Bolschewismus«. Die ukrainische Bevölkerung hieß uns willkommen als Befreier vom Stalinjoch.

Meine wichtigsten Erkenntnisse als einfacher Infanterist:
Meine Heimstätte ist nunmehr die kleinste Einheit, die Gruppe mit elf Kameraden. In vorderster Linie sind die Überlebenschancen am geringsten. Der Spaten bewährt sich als wichtigster Begleiter. Die Gerüchteküche läuft auf Hochtouren wegen fehlender Unterrichtung über die militärische Lage.

Die grausamen Verbrechen in den besetzten Gebieten wurden vom Sicherheitsdienst (SD) und nicht von der Wehrmacht durchgeführt. Als Kriegsgefangener erfuhr ich in amerikanischen Lagern eine katastrophale, menschenunwürdige Behandlung, ich möchte aber nicht verschweigen, dass in Arbeitseinsätzen in Frankreich ein aufrichtiges Verständnis für das schwere Los der Kriegsgefangenen gezeigt wurde.

Besonders interessant erscheint Abschnitt 9 »Der vorprogrammiert verlorene Krieg«. Trotz enormer Zunahme betrug die deutsche Rüstungsproduktion 1944 nur 30 % der Produktion der Alliierten. Ebenso bemerkenswert sind die aufgelisteten Mordbefehle Hitlers, die Studie über in Ungnade gefallene Oberbefehlshaber und über weitere wenig bekannte Informationen. Mögen meine Ausführungen dazu beitragen, das Leben in der Hitler-Ära besser zu verstehen und Vorurteile auszuräumen.